Luis Rafael Sánchez es uno de los escritores más grandes y rigurosos, más entretenidos y más serios, más autoexigentes y más atrevidos de la actual literatura en lengua española.
Alfredo Bryce Echenique
La Vanguardia
Barcelona

La obra literaria de Luis Rafael Sánchez es un emblema vivo de la aventura espiritual de Puerto Rico, estigmatizada por dos colonizaciones sucesivas.
Eduardo Lago
Diario 16
Madrid

El descubrimiento de la fulgurante obra de Luis Rafael Sánchez, uno de los grandes maestros de la literatura del Caribe, se produjo en la Argentina cuando De La Flor publicó su novela, ahora clásica, "La guaracha del Macho Camacho". Desde entonces, Sánchez se convirtió en una figura mayor de las letras latinoamericanas. Sus obras de teatro y sus novelas posteriores han aumentado esa fama.
Tomás Eloy Martínez
Página 12
Buenos Aires

Luis Rafael Sánchez es uno de los representantes más sólidos de la literatura de América Latina.
Marianne de Tolentino
Listín Diario
República Dominicana

El nombre de Luis Rafael Sánchez es una magnífica seña de identidad de nuestras letras en cualquier parte del mundo. Hay en esa obra de ingenioso apalabramiento ética y estética, hay radiografías del país puertorriqueño de hondo significado social y político y hay incisivas penetraciones en la condición humana.

Rafael Castro Pereda
El Nuevo Día
Puerto Rico

Humano y esencial, Luis Rafael Sánchez entrega, a lo largo de su obra, una constelación de posibilidades: la música, el cine, los enigmas cotidianos de la literatura, la cultura popular de América Latina. Junto al asombro del buscador infatigable Sánchez ofrece la virtuosa, vital y profunda humildad del creador.

Gustavo Arango
El Universal
Cartagena de Indias

Hay libros que dejan emociones, otros un personaje, otros una idea. Los de Luis Rafael Sánchez dejan ritmo. Hace bien leer a Luis Rafael Sánchez.

Marco Antonio de la Parra
La Época
Santiago de Chile

El merecido éxito de Luis Rafael Sánchez, el brillante escritor latinoamericano, está sustentado por una larga trayectoria literaria que abarca el ensayo, el drama y una excepcional obra narrativa.

Javier Martínez de Pisón
El Diario La Prensa
Nueva York

LUIS RAFAEL SÁNCHEZ

La guagua aérea

editorial  cultural

La guagua aérea
Primera edición: 1994
Segunda edición: 1994
Tercera edición: 2002
EDITORIAL CULTURAL

Editor: Francisco Vázquez
Diseño de portada: M&S Marketing Graphics
Obra de portada: La puerta de los recuerdos,
acrílico sobre madera, Manolo Díaz, 1993
Fotografía de contraportada: Miguel Villafañe

ISBN: 1-56758-051-3

 cultural@coqui.net

 www.cultural2000.com
editorialcultural.com

 P.O. Box 21056, R.P. Station
San Juan, P.R. 00928

 Teléfono y Fax:
(787)765-9767

INTRODUCCIÓN

Tarjeta de embarque

De entre las muchas páginas que he destinado a los periódicos, a lo largo de los años, escojo unas doscientas para integrar el libro *La guagua aérea*. El libro lo centra el texto, del mismo nombre, que comenta *el viaje* de los puertorriqueños a Nueva York.

A propósito subrayo la palabra *viaje*. Quiero que implique más de lo que el diccionario autoriza-traslado de un lugar a otro, generalmente distante, por algún medio de locomoción. Quiero que implique desafío y riesgo, desperdigamiento y diáspora, paroxístico amor a la tierra dejada atrás. Pues son esos los repetidos signos del *viaje* a los Estados Unidos de Norteamérica que, temprano en el siglo, emprende el puertorriqueño.

En cuanto se desglosan los sinsabores del *viaje* se patentiza la capacidad de sobrevivencia y la fibra de ese puertorriqueño que muele vidrio con el pecho al instalarse en la *extraña nación* a que alude Noel Estrada en su oda musical —el idioma diferente, la hostilidad contra el emigrante sin recursos, los inviernos infernales, el racismo enfermizo que *pone en su sitio* a cualquier persona del pelo *malo* o *kinky* y la tez de oscura a prieta.

Inicialmente, el viaje aspira enmendar el destino del puertorriqueño que ve apagada la posibilidad de una vida, entre llevadera y digna, en el suelo natal. Inicialmente, el puertorriqueño se marcha por largo tiempo, tanto que acaba por gemir —*Mamá Borinquen me llama, Este país no es el mío*. Después, con el paso de los años, con el advenimiento de la transportación supersónica, el *viaje* se confirma como una metáfora estremecedora del ser y el existir puertorriqueños— el continuado ir y venir con que se pelea el arraigo en *la extraña nación*, Estados Unidos de Norteamérica.

Pero, tanto a los viajes primeros como a los últimos, se ha llevado el mismo equipaje, pesado como una cruz: **rebatirle a la pobreza, desautorizar el prejuicio, enarbolar la dignidad humana.**

Sí, a consciencia, subrayo la palabra *viaje*.

El texto central, *La guagua aérea,* inspira el libro **restante:** otro viaje, personal en grado sumo, por mis reiteraciones artísticas, políticas, temáticas. Viaje por las miradas que mi escritura decidió transfundir en impresión, palabra, entendimiento del mundo. Viaje por entre las gavetas de mi escritorio donde se almacenan artículos publicados hace cinco, diez, quince años, junto a otros inéditos, como *Entre el lienzo y la caricia* o escasamente editados como *Rumba de salón,* que en este libro encuentran acomodo.

He creído pertinente que ese otro viaje, el de las reiteraciones autorales, lo organice una nomenclatura asociada con el turismo mercantil-viajes sin escala, paradas de inspección técnica, postales enviadas, etc. Pues, de alguna forma, en turista de mis propias obras e invenciones vengo a parar.

Me complacería que este libro, *La guagua aérea,* formulara un pasaje al lugar donde se tiene la lectura por gustosa, suficiente compañía. Me complacería que el lector *aportara* a la lectura la lucidez del viajero que sabe ver más lejos que el horizonte que le señala el guía del recorrido.

Previo a embarcar invoco la capacidad de abrirse al mundo de los puertorriqueños que viajan hacia más allá del mar, el mar que Ramón Pérez de Ayala bautizó como *sendero innumerable.* A la cotidianidad de su gesta dedico, respetuosamente, este archipiélago de voces mías.

Luis Rafael Sánchez
Febrero del 1994.

PRIMERA PARTE
Viajes sin escala

La guagua aérea

A Carmen Puigdollers,
por su talento para la vida.

Tras el grito de espanto se descuelgan, uno a uno, los silencios. La azafata empieza a retroceder. Angelical e inocente como un personaje de Horacio Quiroga, gélida blonda como fue la Kim Novak en sus días de blonda gélida, la azafata atormentaría la libídine del enamoradizo King Kong. Quien la agasajaría con vértigo o mareo en el *Empire State Building*.

Los rostros ansiosos de los viajeros comparten las más desorbitadas premoniciones. Los rostros se vuelven al encuentro con la mano que porta el revólver, el cuchillo, la bomba de hechura casera. Porque el grito de espanto ha de ser la irresistible delación de otro secuestrador de aviones o de un desquiciado que amenaza. Un *Padre Nuestro* pincha y revienta los silencios descolgados. La azafata continúa el retroceso. La azafata se ha mirado en el espanto y el espanto la ha marcado con la promesa del desmayo.

Pero, el secuestrador de aviones o el desquiciado amenazante no está a la vista. Contritos, mascullados, borbotean varios *Padre Nuestro* a niveles diversos de fe y oralidad. Rápido se hace la luz, sopetonazo violador de la retina, sopetonazo que alumbra los latidos cardíacos de los pasajeros. La guagua aérea se convierte en un mamut autopsiado por indiscretas fluorescencias.

El grito, las oraciones y la propagación del suspenso atraen al capitán o chófer de la guagua aérea y al ingeniero de abordo. El resto de la tripulación se alerta. Un barrunto de histeria prende y crece. La azafata está a media pulgada de la consunción por el horror. Pero, el secuestrador de aviones o el desquiciado amenazante no parece a la vista.

De pronto, una carcajada corrompe, pareadamente, el silencio y el *Padre Nuestro* que, en unos labios suplicantes, había llegado hasta la a del *Amén*. Pura en su ofensa, tan nítido el paréntesis por ella recortado que cabría pegada en una página, la carcajada contagia los cientos de viajeros de la guagua aérea que rutea todas las noches entre los aeropuertos de Puerto Rico y de Nueva York.

Carcajadas llamativas por el placer y la ferocidad que las transportan. El placer, no hay más que verlo, expresa una automática convergencia. La ferocidad, no hay más que mirarlo, trasluce inolvidables resentimientos.

El miedoso de oficio diría que el mucho bamboleo y el mucho jamaqueo, producidos por el desternillamiento general, hacen peligrar la guagua aérea esta noche. Y unos ángeles de vuelo bajo y tendencia fisgonera sacrificarían el oropel sagrado de los bucles por saber de qué demonios se ríe ese gentío mestizo que vuela, campechano, por sus lados. Sólo la tripulación, uniformemente gringa esta noche, parece inmune a la risa, inmune a la plaga de la risa, inmune a las burlas que merece el pavor de la azafata rubia.

Las carcajadas amenazan desnivelar la presión que sirve a la guagua aérea. Las carcajadas amenazan alterar la velocidad que desarrolla la guagua aérea. Las carcajadas amenazan descarriar y accidentar la guagua aérea. Pues a vista de todos se perfila el espanto que motivó el pavor y causó el grito.

Por el pasillo alfombrado de la guagua aérea, con caminares de hampón tofete y buscabullas, jaquetona, indiferente a los escándalos y los miedos que su presencia convoca, se desplaza una saludable pareja de jueyes. Paradójicamente, la notable salud profetiza el inminente destino —mañana serán salmorejo en *Prospect* o relleno de alcapurrias en *South Bronx* o jueyes al carapacho en *Brooklyn* o asopao en el *Lower East Side*. O acaso serán habitantes temporeros de una jueyera ubicada en las tinieblas de un *basement*; jueyera oculta a la inquisición del *Super* o del *Landlord*; jueyera escondida a las averiguaciones de la *Bosa* o del *Bos*.

Mas, esta noche, el uso de la guagua aérea como fortuita

servidumbre de paso convierte los jueyes en sujeto de comentarios ágiles y vivaces novelerías; comentarios y novelerías que precipitan la intranquiliad que, ahora, reina. Y que la expresa el verbo agitado, los cuerpos que se agachan, los cuerpos que se incorporan, los cuerpos que se desmembran en los asientos carcelarios, los cuerpos que desparrama el barullo.

La intranquilidad azuza el discurso patriótico y el contrainterrogatorio anexionista, los chistes de color a escoger y su recepción ruidosa, las guiñadas de los lanzados mujeriegos y los coqueteos de las lanzadas hombreriegas. La intranquilidad azuza la confesión a que se entregan los pasajeros de la guagua aérea —pues la autobiografía seduce a los puertorriqueños tanto como el amistar repentista y sin cuidado. La intranquilidad la engorda el recuento de las humillaciones sufridas por los puertorriqueños en el *crosstown* y el *elevator*, el *fucking job* y la universidad liberal, la *junkería* del judío. Eso sí, humillaciones ripostadas con elocuencia, pundonor natural y carácter. La intranquilidad, en fin, tiende una raya, invisible pero sensible, entre el bando de los gringos y el bando de los puertorriqueños. Precisa la raya, con discutible opinión, la mulata que nutre el bebé con los caldos de una caldosa y radiante teta —*Mientras más rubias más pendejas.*

Asombrado por el desafío del Tercer Mundo a la ciencia electrónica del Primero, molesto porque el instrumental de seguridad no detectó la materia infanda, el capitán o chófer de la guagua aérea reclama la identificación del dueño o la dueña de la pareja de jueyes. El capitán o chófer de la guagua aérea reclama la identificación escudándose con unos parodiables gestos hitlerianos. Las reclamaciones insistentes y el vigoroso gesticulario, además de las ofertas de potenciales albaceas de jueyes, las ataja el hombre cincuentón y fibroso, medio dormido y medio fastidiado, que avanza hasta las primeras filas de la guagua aérea y con llamativas habilidades manuales inmoviliza a la pareja fugitiva. A la vez la increpa, falsamente gruñón, disimuladamente complacido.

—*Los pongo a soñar de gratis con una inyección de Valium por el ojo de la contentura y con la puercá que me pagan.*

La euforia triunfa, se colectiviza. La risa descongestiona la razón de nubarrones y los bronquios de mucosidad. Alguien que revisaba los cadáveres despanzurrados que ilustran la actualidad puertorriqueña según el periódico *El Vocero* declara —*Me ahogué*. Alguien que elogiaba el *show* del Gallito de Manatí en el teatro *Jefferson* declara— *Me meé*. Un avispado induce— *Está la noche de a galón*. Varios avispados responden— *A ese galón me apunto yo*. Otro avispado filosofa— *Procede el sopón de gallina*.

La guagua aérea efervesce. La guagua aérea oscila entre el tumulto y el peso de la quimera, entre el compromiso con el salir adelante y la cruz secular del *Ay bendito*. Una mujer muy dispuesta a devanear, bajo turbante floreado el secreto bien guardado de los rolos, informa que brinca mensualmente el charco y olvida el lado del charco en que vive. Una adolescente, desesperada porque a René le cambió la voz y hubo que darlo de baja de *Menudo*, oye con desinterés al adolescente desesperado porque va hacia Newark pero no sabe a qué rayos va. Una señora, de naturaleza gregaria y despachada, muestra la colcha tejida que cubrirá la cama *King Size* de su comadre Doña Luz que vive al lado de la *Marketa*. Bajo la colcha tejida un cuarteto atonal de caballeros bala la balada *En mi viejo San Juan*. Un caballero, de pose instruida y mesurada, le pregunta a la mulata de la teta caldosa y radiante si no se conocieron antes— *Tal vez en las fiestas que, en honor de la Virgen de la Monserrate, se celebran en la ciudad de Hormigueros*. La mulata de la teta caldosa y radiante replica que nunca ha estado en la ciudad de Hormigueros. El mismo caballero, de pose instruida y mesurada, le pregunta a la muchacha, aprisionada en un mameluco color calabaza, si no se conocieron antes— *Tal vez en las fiestas que, en honor de los Santos Angeles Custodios, se celebran en la ciudad de Yabucoa*. La muchacha, aprisionada en un mameluco color calabaza, replica que nunca ha estado en la ciudad de Yabucoa. Y para aclarar cuentas le informa al caballero, de pose instruida y mesurada, que ella pulula por la discoteca *Bachelor* y por la discoteca *Bocaccio* y por la discoteca *Souvenirs*. Y para disuadirlo de cualquier movida donjuanista le espeta que lo de ella es el *Gay Power*. En la cocina de la guagua aérea un orfeón chillón majaderea a las azafatas y los sobrecargos con el estribillo— *Si no me dan de beber lloro*.

Desentendiéndose de la algarabía un hombre narra el encarcelamiento de su hijo por negarse a declarar ante el *Gran Jurado Federal*. Y argumenta, serena la voz, que ser nacionalista en la isla acarrea un secreto prestigio pero que ser nacionalista en Nueva York acarrea una pública hostilidad.

Una resonante escolta de interjecciones encadena las anécdotas dramáticas y risibles, desgarradas y livianas, que formulan la resistencia a las afrentas, a los prejuicios a cara pelá, a los prejuicios disfrazados; anécdotas infinitas en las que los puertorriqueños ocupan el centro absoluto de la picardía, de la listeza, del atrevimiento, de la malicia, de la maña, del ingenio. Anécdotas deleitosas por el inteligente montaje narrativo. Anécdotas de asuntos que enternecen. Anécdotas aliñadas con un palabrón usado al punto. Anécdotas telurizadas por el estilo arroz y habichuelas. Anécdotas protagonizadas por un jíbaro que no habla dócil. Anécdotas de puertorriqueños a quienes visitaron un día, juntamente, el desempleo, la hambre y las ganas de comer. Anécdotas desgraciadas de puertorriqueños, colonizados hasta el meollo, que se disculpan por el error de ser puertorriqueños. Anécdotas felices de puertorriqueños que se enfogonan y maldicen si se duda que son puertorriqueños. Anécdotas que chispean, como centellas, en el idioma español puertorriqueño. Idioma vasto y basto, vivificantemente corrupto. Como el idioma español argentino. Como el idioma español mexicano. Como el idioma español venezolano. Como el idioma español español. Anécdotas, por millar, de boricuas que viajan, a diario, entre el eliseo desacreditado que ha pasado a ser Nueva York y el edén inhabitable que se ha vuelto Puerto Rico.

Tanto monta el anecdotario que un *síquico* predeciría, como un Walter Mercado sin templo universal ni capas de lentejuelas, como un Walter Mercado de segunda mano, que la guagua aérea no requiere gasolina esta noche pues las vibraciones positivas proveen el combustible. Y los ángeles de vuelo bajo y tendencia fisgonera sacrificarían el oropel sagrado de sus alas por saber de qué carajo bembetea el gentío mestizo que vuela, campechano y divertido, por sus lados.

Sólo la tripulación, uniformemente gringa esta noche, parece inmune a la risa. Inmune y decidida a combatirla como a plaga. ¿La medicina? El reparto expedito de sándwiches de pavo desabrido, saquitos de maní, coca cola por un tubo y siete llaves, juegos de barajas y las súbitas mediaciones del capitán o chófer de la guagua aérea. Que intenta pacificar la bayoya puertorriqueña con unas bayoyitas gringas que ni arrancan ni desarrollan ni consiguen velocidad.

—*Ladies and gentlemen, this is the Captain speaking. Now that the dangerous kidnappers are back in their bags, now that is really sure that we are not going to be taken to an unexpected meeting with that poco simpático Señor Fidel Castro, I invite all of you to look thru the windows and catch a splash of the Milky Way. In a few minutes we will be showing, without charges tonight, a funny movie starring that funny man, Richard Pryor.*

La vecina de asiento me pregunta ¿*Qué dijo ese hombre?* No llego a contestar porque el vecino de la fila contigua, el que alardea de ganarse los billetes en Manhattan y gozárselos en Puerto Rico, el que aclara *Yo soy amigo de todos pero compañero de nadie,* el que especifica *Compañeros son los cojones que siempre acompañan a uno,* me toma la delantera con una letanía sarcástica.

—*El Capitan quiere matarnos la nota. El Capitán quiere matarnos la nota poniéndonos a ver una película del moreno que se achicharró por andar arrebatao. El Capitán quiere matarnos la nota para que soltemos los topos. El Capitán quiere quitarnos los topos para acabar el vacilón que le montamos los puertorriqueños a treinta y un mil pies sobre el nivel del mar.*

¿Ruedan los topos sobre el tapete mayestático de la imaginación cuando el vecino de la fila contigua susurra, en dialecto orgásmico, las suposiciones más perdularias del Capitán y la azafata rubia? Ruedan y de qué manera. Por perdularias y por infames, por escabrosas en grado sumo, si las alcanzara la cámara guerrearían por poseerlas el *Penthouse* y el *Playboy.* Gracias a

Dios la vecina de asiento no las oye pues, como buena puertorriqueña, mantiene dos conversaciones simultáneas; una sobre la huelga de los locos con la señora de la fila delantera— *Dicen que amenazan con sanar* y otra sobre la ruindad del Presidente Ronald Reagan con la vecina de la fila trasera— *Dicen que ese verdugo está acabando con El Salvador.*

La cordialidad fertiliza, ahora, la guagua aérea. La cordialidad se refleja en el halago entusiasta a las flores de papel traídas de regalo a una tía que se mudó a un *proyecto* de New Jersey, en el repartir ruidoso y el ruidoso compartir que une a quienes padecen juntos y aman lo mismo— una caja de pastelillos de guayaba hechos en *La bombonera*, un saco de polvorones, una docena de piononos, una sarta de pirulíes, unas rueditas de salchichón, una pipita de ron caña curado con pasas de Corinto de la que los varones beben sin remilgos.

[anotación al margen: comida puertorriqueña]
[anotación al margen: dulces]

Quede claro que la cordialidad dicharachera y ruidosa, confianzuda y que efervesce, se consagra en la cabina económica. Apenas, por tanto, se entera del rechazo que consigue entre los puertorriqueños guarecidos en la *First-class*. Quienes racionalizan, entre sorbo y sorbo de champaña californiana, para consumo del vecino yanqui de asiento— *They are my people but.* Quienes resuellan, frente a alguna azafata de nariz razonable— *Wish they learn soon how to behave.* Quienes pronuncian un *statement* cuasi testamentario entre la lectura superficial de alguna revista ídem— *They will never make it because they are trash.*

La cordialidad se espuma, se chorrea por los cachetes de los pasajeros con las voluptuosidades del maví a punto de helarse, cuando el cincuentón fibroso declama unas sinceras posdatas exculpatorias.

—*Si no puedo vivir en Puerto Rico, porque allí no hay vida buena para mí, me lo traigo conmigo poco a poco. En este viaje traigo cuatro jueyes de Vacía Talega. En el anterior un gallo castado. En el próximo traeré cuanto disco grabó el artista Cortijo.*

La enumeración lo colma, saborea el recuerdo de otros traslados, de otros remedios para el mal de la distancia, de otros rescates de pertenencias entrañables. Que, cuando los ve el corazón miope y el juicio deformado, parecen chapucería costumbrista, mediocre color local, folklore liviano. Hasta síndrome del lelolai.

Pero que, cuando se los trata con justicia, avienen a pulcras expresiones de un temperamento que, día a día, establece la diferencia y asegura la permanencia.

Temperamento cimentado en las militancias del cariño. Que se va un puertorriqueño a Nueva York y lo despiden cuatro. Que regresan dos puertorriqueños de Nueva York y lo reciben ocho. Temperamento que persigue la forma en los caudales del humor. Que el puertorriqueño ama la risa sobre todas las cosas. Y cuando quiere reír ríe, ensordecedoramente. Temperamento que encuentra el estilo en la lágrima. Que el puertorriqueño ama el llanto sobre todas las cosas. Y cuando quiere llorar llora, cinemexicanamente.

Risa y llanto, por cierto, indiscernibles esta noche en la guagua aérea.

Porque reputándose de ser la tángana, de hablar por los codos incluidos, el cincuentón fibroso duplica los paliques, triplica los parrafitos, multiplica los apartes. En unos se cultiva la risa. En otros se cultiva la lágrima.

Palique con un tal Cayo Díaz de Cayey que viene a abrazar los dos nietos que no ve desde septiembre. Aparte con una tal Soledad Romero que se dispara hacia Puerto Rico cuando se le enmohecen los cables del alma. Parrafito con un tal Isidoro Juncos que brincó el charco a vender unas tierritas porque el hijo se le metió en *trobol* y no quiere que la cárcel se lo dañe. Palique con una tal Laura Serrano que no puede faltar al destino figurado en Nueva York aunque el invierno la agrave. Aparte con una tal Gloria Fragoso que viene a Nueva York a impedir que se muera Vitín, el hijo moribundo. Parrafito con un tal Yacoco Calderón quien se muda al Barrio, una vez al año, *pa jartarse de ganar chavos.* Parrafito con un tal Diógenes Ballester que repite —*En Nueva York yo estoy prestao.* Palique con un tal Roberto Márquez quien saluda con un fogoso— *Puertorriqueño y palante.*

A treinta y un mil pies sobre el nivel del mar los puertorriqueños comparten las desempolvadas ilusiones. A treinta y un mil pies sobre el nivel del mar los puertorriqueños replantean la adversidad y el sosiego del país que se quedó en pueblo grandote o del pueblo que se metió a chin de país. A treinta y un mil pies sobre el nivel del mar los puertorriqueños encandilan la cháchara que recae en el *¿De dónde es usted?* A treinta y un mil pies sobre el nivel del mar los puertorriqueños vuelven al registro provinciano —*Si usted es de Aguadilla conocerá a Tata Barradas.* A treinta y un mil pies sobre el nivel del mar los puertorriqueños se enamoran de las fragancias pueblerinas— *los Acarón son de Cabo Rojo, los Abeillez son de Mayagüez, los Chapel son de Añasco, los Canino son de Dorado, los Barreras son de Morovis, los Veray son de Yauco, los Seijo son de Arecibo.*

¡Cuántos universos atraviesan los puertorriqueños cuando atraviesan la caverna celestial!

Puertorriqueños que suben a la guagua aérea si llevan en el fondo del bolsillo el pasaje abierto que asegura la vuelta inmediata porque la Vieja entró en agonía o el Viejo se murió de repente; el pasaje abierto que soluciona la hambruna de regresar a la isla que idolatran los fuegos de la memoria, *la flor cautiva* a la que canta la danza, *la isla de la palmera y la guajana* a la que recita el poema; el pasaje abierto que resuelve la urgencia de desandar monte y playa, de despilfarrar el tiempo en el vueltón por la plaza, de recuperar las amistades en un conversao de tres días, de castigarse las tripas con una jumeta de las que empiezan y no acaban, de reencontrar lo inalterado.

¡Cuántas promesas transporta la guagua aérea al elevarse sobre el charco azul a que los puertorriqueños reducen el Atlántico!

Puertorriqueños que se asfixian en Puerto Rico y respiran en Nueva York. Puertorriqueños que en Puerto Rico no dan pie con bola y en Nueva York botan la bola y promedian el bateo en cuatrocientos. Puertorriqueños a quienes desasosiega el tongoneo insular y los sosiega la cosmopolita lucha a brazo partido. Puertorriqueños a los que duele y preocupa vivir fuera de la patria. Puertorriqueños que querrían estar allá pero que tienen que estar acá. Y se esclavizan a las explicaciones innecesarias.

—*Chico, en la isla sólo funciona el beber y el vacilar.*
—*Chico, en Puerto Rico todo es una complicación.*
—*Chico, Puerto Rico se dispersa en la apoteosis verbal.*
—*Chico, ya yo eché mi suerte acá.*
—*Chico, que me entierren dondequiera pero allá.*

Puertorriqueños del corazón estrujado por las interrogaciones que suscitan los adverbios *allá* y *acá*. Puertorriqueños que, de tanto ir y venir, informalizan el viaje en la guagua aérea y lo reducen a una trillita sencillona sobre el móvil océano. Que lo que importa es llegar, pronto, a Nueva York. Que lo que importa es regresar, pronto, a Puerto Rico. Que lo que importa es volver, pronto, a Nueva York. Que lo que importa es regresar, pronto, a Puerto Rico. Llegadas y regresos que concelebra el aplauso emotivo prosiguiente al aterrizaje de la guagua aérea en la tierra prometida.

Mas, ¿cúal es la tierra prometida? ¿Aquella del *ardiente suelo*? ¿Esta de la *fría estación*?

La vecina de asiento me pregunta —*¿Qué dijo ese hombre?* Esta vez sí logro contestarle que el capitán nos manda abrochar los cinturones de seguridad porque vamos a aterrizar. Entonces, taladrándome con la mirada, viéndome por primera vez, pregunta— *¿De dónde es usted?* Le contesto— *De Puerto Rico.* Ella comenta, sospechosamente espiritista— *Eso se le ve en la cara.* Mi risa la insatisface por lo que vuelve a preguntar— *Pero, ¿de qué pueblo?* Le respondo— *De Humacao.* La complazco pues comenta con un aquel de remembranza— *Yo estuve en Humacao una vez.*

Ahora el abismo prieto lo malogran las claridades a lo lejos. Ahora la noche la corrompe una que otra lucecilla de balandra. Ahora los oídos se ataponan. Ahora un bebé ejercita los pulmones con ganas verdaderas. Ahora mi vecina de asiento me mira con la fuerza que obliga a reciprocar la mirada.

La vecina de asiento me mira como si regañara mi repliegue súbito en el abismo, la noche, los pulmones del bebé. La vecina de asiento me recrimina, con la mirada, el olvidar que en la guagua aérea se impone el diálogo corrido y sin tapujos. La vecina de asiento me mira para cobrar la pregunta que le debo. Como no soy hombre de deudas le pago a continuación— *¿De dónde es usted?* Unos ojos rientes y una fuga de bonitos sonrojos le administran el rostro cuando me contesta— *De Puerto Rico.* Lo que me obliga a decirle, razonablemente espiritista— *Eso lo ve hasta un ciego.* Como me insatisface la malicia inocente que le abunda el mirar, mirar de tal pureza que le hace cosquillas a mis ojos, añado, copiándole el patrón interrogador— *Pero, ¿ de qué pueblo de Puerto Rico?* Con una naturalidad que asusta, equivalente la sonrisa a la más triunfal de las marchas, la vecina de asiento me contesta— *De Nueva York.* New York ¡Puerto Rico

Yo también sonrío aunque despacio. La sonrisa, poco a poco, se me hace risa en las teleras del alma. A los dominios donde ejerce la memoria, a la convocatoria de la sonrisa y la risa, se presentan mis tías enterradas en no sé cuál cementerio del Bronx y la azafata rubia con trasunto de Kim Novak, los primos de Filadelfia que reclamo como primos aunque no los conozco y el ruidoso compartir que une a quienes padecen juntos y aman lo mismo, el viaje a punto de terminar y los otros viajes que retejieron el destino de unos tres millones de hijos de Mamá Borinquen.

Yo también sonrío, de muela a muela, porque la vecina me ha contestado— *De Nueva York.* Parece, claro está, un manoseado lugar común o un traspié geográfico. Parece, sin lugar a dudas, una broma. Parece una hábil apropiación. Parece la dulce venganza del invadido que invadió al invasor.

Lugar común, traspié geográfico, broma, hábil apropiación, dulce venganza: la respuesta de mi vecina de asiento supone eso y mucho más.

Es la historia que no se aprovecha en los libros de Historia. Es el envés de la retórica que se le escapa a la política. Es el dato que ignora la estadística. Es el decir que confirma la utilidad de la poesía. Es la recompensa a la zozobra de los miles de compatriotas que vieron la isla desaparecer, para siempre, desde la borda del vapor *Coamo* y la borda del vapor *Marine Tiger.* Es la reivindicación de los miles de compatriotas que subieron, alelados y pioneros, a las catorce horas de aflictivo encierro en las antiguas y tembluzcas máquinas de volar de la *Pan American World Airways*. Es la reclamación legítima de un espacio, furiosamente, conquistado. ¡El espacio de una nación flotante entre dos puertos de contrabandear esperanzas!

El cuarteto nuevayorkés

A Sylvia y Carlos Fuentes,
por la gala de su amistad.

1

La fotografía, además de iluminar la portada del periódico que leo, alivia los estragos de este invierno que paso en Nueva York como tantos otros puertorriqueños. ¿Cuántos? No hay manera de saberlo. Viajamos acá sin la obligación de radicar documento alguno, legalizados por la ciudadanía norteamericana que inhabilita la puertorriqueña desde el 1917. Regresamos a Puerto Rico a la menor provocación, poseídos por la certeza que estatuye el poeta —*Nada se altera en el rincón querido.* Con tanta asiduidad vamos y volvemos, tantas veces paseamos la esperanza por los estados de la Unión, que la mudanza se ha vuelto destino; un destino hecho signo en la persona del Puertorriqueño Errante. No, no hay manera de saber cuántos estamos por Nueva York, temporáneos o domiciliados. Aunque la estadística juega a un número— los alrededores del millón.

Nueva York sería la otra capital de Puerto Rico si no lo fuera de toda Hispanoamérica. En Nueva York se cimenta la capital ensoñada por Bolívar, la que aloja todas las nacionalidades de la América en español. Y la calle Catorce de Manhattan opera como el emporio donde éstas convergen o se citan.

Una cita tramitándose entre negocios, mal remunerados los más, plantados en el territorio apache de la acera los más: fruterías de atención mexicana, venta de suéteres de alpaca por ecuatorianos con azabachosa trenza, bisutería de ámbar sintético mercadeada por unas dominicanas con *look* de María Montez, colombianos mentalistas que descorren los telones del porvenir, la grande flecha de cartón que dirige hacia un sótano en cuya ventana se avisa —*Aprenda a bailar tango con un argentino autén-*

tico, mesas plegables donde se estiban no se sabrá jamás cuántos *casettes*— todo Carlos Gardel, todo Pedro Infante, todo Felipe Rodríguez, todo Juan Luis Guerra, todos los cantantes representativos de esta etnia, de aquella estilística. Y de cuando en cuando, por encima de la acera vuelta territorio apache, en ruta hacia el cielo que asombrilla la calle Catorce, sube un carnavalito afro en interpretación de la *Inka Jazz Fusion Band.*

Una cita efectuándose junto a las palabras que los hispanoamericanos aman; palabras de la teluridad y la trascendencia que jamás faltan de *Macondo* y de *Lectorum,* las librerías *en español* de la calle Catorce —palabra llanera de Rómulo, palabra hipnótica de Gabriel, palabra intranquila de Julia, palabra presagiosa de Octavio, palabra acerba de Nicanor, palabra denunciaria de·Miguel Angel.

Una cita diligenciándose entre fervores —buscar un cura *latino* para cristianizar un *tigre* aún moro, conseguir los *blancos* de solicitar la *tarjeta verde,* enviar un *money-order* a la hermana que perdió el marido en la guerrilla, suplicarle a un paisano que le avise si aparece una chiripa, un *job,* una chamba.

La confluencia de nacionalidades hispanoamericanas, en la imprevista cosmópolis bolivariana, supone la de sus hablas —la melificada del centroamericano, la gritona del caribeño, la filtrada entre afectaciones del suramericano. Oírlas armonizar la diversidad *en las entrañas del monstruo,* oírlas sustituir el ideal fascista de la pureza idiomática por el respeto a la creatividad verbal y la sugestión de los regionalismos, complace el oído y da gusto a la inteligencia. Que el idioma que se muestra susceptible a la transformación se muestra susceptible a la permanencia.

Si digo que la fotografía publicada en el periódico norteamericano me estremece digo poco. La fotografía me abrasa. ¡Cómo no me va a abrasar la imagen hechizada de un encrespado desfile de banderas puertorriqueñas! Mascarón de proa o vanguardia del desfile parece el cruzacalle que dice *Nuestro idioma es el español.* Lo grita, más que decirlo, el tamaño amenazante de las letras. Y lo asienten el corazón y la razón de los ciento cincuenta mil compatriotas que, según el calce de la fotografía, continúan tras el clamor.

Efectivamente, a punto de cumplirse los cien años de la invasión norteamericana, el español sigue siendo el idioma del país puertorriqueño. Un país de épica menor y drama permanente, excesivo. Que el efectismo gestual en que se disuelve, con demasiada frecuencia, el carácter hispánico tiene un cultivo acendrado en Puerto Rico.

La práctica de la broma, la chistosidad y el relajo disimulan el drama excesivo. Tanto que el forastero podría tildar de superficial y carente de sentido trágico a ese puertorriqueño que acomete toda empresa muriéndose de la risa o disfrutándola. La interpretación del forastero desacierta. Nada más dramático que la risa produce el país puertorriqueño, nada más serio. Una risa que consume una parte substanciosa de su presupuesto emocional. Una risa que acusa más la inconformidad que la complacencia, más el coraje que el festejo. Una risa que, periódicamente, asume los deberes de la máscara.

El país de épica menor y drama permanente obliga el esfuerzo visual de quien lo busca en el mapamundi puesto que la grafía que lo indica no rebasa el tamaño del punto. Gabriela Mistral, cuya poesía tiene el aliento de un sin final abrazo, define a Puerto Rico mediante un ejercicio de fineza —*Apenas posadura sobre las aguas.* Los diminutivos *terruño* e *islita* recurren en el cancionero popular cual caricias de dulce lástima a una patria carente de cuerpo: Puerto Rico mide ciento once millas a lo largo y treintiséis a lo ancho según la Historia de Silvestrini y Luque.

Otros epítetos, otros elogios a la isla chiquita pone a circular la retórica con el afán de compensar los desamparos del tamaño. Si bien los epítetos y los elogios transgreden los confines de la exageración: *Perla del Caribe, Hija del Mar y el Sol, La Tierra del Edén, Reflejo del Perdido Paraíso Terrenal, La Mansión de Todo Bien.*

Por cumbre del epíteto y el elogio se tiene la más divulgada serenata a Puerto Rico, la bellísima canción del gran bardo Rafael Hernández, *Preciosa.* Que integra un apartado de excelso patriotismo musical junto a *Bello amanecer* de Tito Enriquez, *En mi viejo San Juan* de Noel Estrada y *Verde luz* de Antonio Cabán Vale. Bien común de los puertorriqueños, exquisita canción de arte, en *Preciosa* se enumeran los atributos concertantes de la preciosura borincana. Una preciosura de síntesis, conseguida por la mezcla del fundamento taíno y el fundamento español. Por un lado el *fiero cantío del indio bravío*. Por el otro *la noble hidalguía de la Madre Patria*.

Un verso se echa de menos en *Preciosa,* un verso alabador de la negrura, un verso al estilo de —*Y en ti prende el salero de la tía Africa;* salero más visible y constatable entre los hijos de Borinquen, los boricuas, que la fiereza taína y la hidalguía ibérica.

La llamativa exclusión de tía Africa de las raíces que aportan carácter y moral, rasgos físicos y espiritualidad avanzada, a la encantadora y edénica *Preciosa,* invita a la confusión y prohija la extrañeza. Confusión porque el negror ondea en las Antillas. Y ondea vitalísimo, saleroso, en alto número. Extrañeza porque el gran bardo Rafael Hernández era sobrino legítimo de tía Africa. Como yo —hosca mi piel, gruesos mis labios, ancha mi nariz, de un rizo que tira a grifo mis cabellos. Como la mitad del país puertorriqueño. La mitad si se cuenta de prisa y se omiten los pueblos de Loíza, Arroyo, Dorado, Carolina.

¿Motivaría la exclusión el hecho de que, hasta ayer, el canon de la preciosidad occidental prescindía de las facciones negras o negroides? ¿La motivaría que fue ayer cuando se descolonizó la tía Africa y adquirió la reputación de civilizada y bella? ¿O la exclusión confirma que el parentesco africano aún mortifica y problematiza, en esta antilla mayor, afanadamente despercudida, ilusoriamente blanqueada?

Aunque tampoco rebasan el tamaño del punto las grafías indicadoras de los vecindarios que circundan a Puerto Rico. Fabulador, vaticinante y lector del pasado, un magno poeta que colecciona esdrújulos se pregunta si las Antillas no serán otras hespérides o los restos de la Atlántida perdida.

Sí, el Caribe es una totalidad fragmentaria. El Caribe es un ramillete de piélagos, besados por el sol, como lo cursilean las prosas publicitarias. El Caribe es una postal rota en cuatro pedazos y once mil pedacitos. Una postal con barrotes de sal interviniendo el paso. Postal con oleajes que musicalizan la gloria como dicen los turistas que llegan al Caribe. Postal con oleajes que musicalizan el infierno como dicen los nativos que el Caribe abandonan.

2

No obstante el cuerpo pequeño, la insularidad, el trato despectivo de la España imperial, la reducción a apunte en el diario de cualquier fraile en ruta hacia el Perú; no obstante la comunicación irregular o escasa con los fragmentos de la totalidad caribeña; no obstante los criollos disociadores; Puerto Rico fabrica, temprano, una idea coherente y distintiva de su personalidad nacional. Esa personalidad nacional no llega a habitar la casa de la independencia —sueño que huye del soñador puertorriqueño cuantas ocasiones se promete. La personalidad nacional puertorriqueña encuentra la casa donde habitar y precisarse, donde madurar y crecer, donde amistarse consigo misma y respetarse, en los espacios venturosos del idioma español.

Un idioma a admirar por su impureza americana. Un idioma absorbente del vocerío que, en las Indias, lo aguardaba: giros con sabor a fruta como guanábana, como mamey, como guayaba; coloquialismos pescados en la trata de indios como conuco, como batey, como canoa; el fracatán de afronegrismos. Un idioma proclive a la onomatopeya, proclive al son que late en el sonido. Un idioma, de tal manera arraigado en la entraña de la colectividad, que puertorriqueñiza, diríase que por automatismo, las muchísimas interferencias de la lengua inglesa. El gringo dice *watch-man* y el puertorriqueño dice *guachimán*. El gringo dice *hold-up* y el puertorriqueño dice *jolope*. El gringo dice un *big shot* y el puertorriqueño dice un *bichote*. Un idioma, de trazo ebullente y síntesis mundonovista, que trae loca a la norma y en reunión perpetua a la academia correspondiente.

Por los siglos de los siglos ese idioma español aindiado,

anegrado, acriollado, le vale al puertorriqueño cuando quiere musitar la bendición o cuando quiere escupir la maldición, cuando quiere escribir una carta de pésame o cuando le urge mandar a un incordio a los hedores de la ñoña. Para transportar las soledades y las compañías ni se diga. Le sirve y de qué manera para rezarle a Santa María por la mañana, al Médico Chino por la tarde, a las Siete Potencias Africanas por la noche y en las horas inclasificables consultarle a Walter Mercado y Anita Cassandra lo que le deparan las estrellas.

Sobre todo, ese idioma español aindiado, ese idioma español anegrado, ese idioma español acriollado, le vale al puertorriqueño para dar rienda suelta al amor que se lubrica con palabra.

La fotografía que alivia los estragos de este invierno que paso en Nueva York, como tantos otros puertorriqueños, recoge una pancarta que testimonia —*Yo lo hago en español*. Levantada por el brazo corpulento de un hombre a quien los treinta años bien le sientan, indicada con el dedo de la mujer de buen ver que lo acompaña, la pancarta se refiere al suceso del amor. A la amorosa lengua en que se trasladan el grito y el vagido, al clamoreo y la súplica, a las flamas aulladoras de la carnalidad se refiere la pancarta —flamas que todo quieren menos apagamiento. A la feliz lengua que vocea la descarga del semen se refiere la pancarta. Y a la otra, la lengua hembruna que enumera, entre jijeos, el sexto, el séptimo orgasmo. A la lengua que importantiza ese amor se refiere la pancarta, la lengua mediante la que el espíritu reingresa a la materia. Y se hace carne. Y pide carne.

Decir las lenguas dice mejor.

Una, la que en la hora del amor inquietante, se mete en la boca amada con la misión de azuzarle el cielo, desenfrenarle las peticiones menos místicas, llamarle pan al pan y vino al vino. Sí, en la intimidad sexual, además de recuperar la franqueza que se evade en sociedad, el idioma conviene en la transgresión de los platonismos, en la pulverización de las distancias entre lo púdico y lo obsceno, lo autorizado y lo tabú. Sí, el amor corporal lo embellece, de tanto en tanto, un rapto de visceralidad, de ir al grano sin ambages. Que en la intimidad sexual también el idioma se desviste.

La otra, la que en la hora del amor aquietante, la hora de la dormitación tras la fatiga dulce, recita el poema de Pablo, el de Miguel, el de Peache, junto a los labios que saben escuchar, bonitamente.

3

Frontera de Puerto Rico ha sido el idioma español va a hacer, pronto, cien años. Frontera confirmadora de su diferencia frente a lo otro: el gringo y el idioma inglés que aquel quiso imponer de una vez. Por Guánica invadía el ejército norteamericano y por San Juan invadía el doctor Víctor Clark con un *crash-course* de norteamericanización idiomática en el *brief-case*. Que fracasara el episódico *mister* Clark, como los otros místeres episódicos y subsiguientes, era cosa de esperarse. La imposición del inglés, disparatada a todas luces, la atajaron las protestas de los periodistas sensatos, las arengas de los políticos conscientes y la pelea monga del país de épica menor, tantas veces tildado de superficial y carente de sentido trágico porque acomete toda empresa muriéndose de la risa, disfrutándola.

Risa nuestra, cuántos diagnósticos postizos se hacen en tu nombre. Risa nuestra maculada por las lágrimas, cuánto te atacan los *serios* de profesión. Risa nuestra, risa maestra, cuánto te desconoce y mal entiende el fariseo.

¡Cómo no se va a morir de risa el país puertorriqueño si los más recalcitrantes defensores del idioma inglés expresan un terror, calificable de pánico, frente al hecho de tener que hablarlo! ¡Cómo no va a disfrutarse la risa el país en drama permanente cuando la mayoría de los defensores del *Difícil* lo habla como con la boca llena de tachuelas, como si lo ametrallara!

¿El *Difícil*?

Con el *Difícil* hemos topado, Sancho.

Recurso de distanciación, juramento de extrañeza, los puertorriqueños bautizan el idioma inglés con un alias estupendo, el *Difícil*. Dicho recurso de distanciación, dicho juramento de extañeza, hace trizas la cacareada afirmación de que el inglés circula en Puerto Rico como *la* otra lengua. La afirmación, inicialmente demagógica, asciende a mentira estrafalaria cuando insiste en que los puertorriqueños manejan, *indistintamente,* los idiomas español e inglés. Si así fuera, esos mismos puertorriqueños no aducirían, paródica y festivamente, que mastican el *Difícil* más que hablarlo. Lo mastican cuando la imposición oficial no les deja otra salida —hasta el comunicarse en señas. Lo mastican cuando el vecino, *Mister Whoever,* quien habita en Puerto Rico desde el año que mataron a John Kennedy, no puja una jodida gota de idioma español y hay que echarle la mano.

¡Bajo cuántas inequivocaciones se arrastra el terminacho el *Difícil!* ¡Cuánta semiosis incentiva! ¡Cuánta, cuantísima jaibería trasluce! Aunque poca si se la compara con la jaibería y malamaña que, a continuación, se denuncia.

Un obstáculo enfrenta el movimiento que promueve la incorporación de Puerto Rico a la nación norteamericana en calidad de estado cincuentiuno. El obstáculo, hermoso hasta sofocar, imposible de fingir u ocultar, no es otro que el idioma puertorriqueño de cada día, el idioma español.

La irrupción súbita de una millonada de sobrinos de la tía Africa a la unión norteamericana provocaría un revuelo menor si se parea con el escándalo que provocaría la irrupción súbita de una millonada de caribes hispanohablantes a la unión norteamericana donde, ahora mismo, bajo el eslogan *English only,* se combate el reconocimiento de idioma alguno que amenace o dificulte la *unidad* lingüística. El problema, el irresoluble problema del movimiento que promueve la incorporación de Puerto Rico a la unión norteamericana en calidad de estado cincuentiuno, radica en el idioma español; ese idioma que ha servido a la personalidad puertorriqueña como casa donde habitar y precisarse, donde madurar y crecer, donde amistarse consigo misma y respetarse.

A la vuelta de tuerca acude el movimiento que promueve la incorporación de Puerto Rico a la nación norteamericana en calidad de estado cincuentiuno, al truco que acostumbra el mago diestro, a la sinuosidad de la malamaña y la doblez del jaiba: un decreto, de inspiración macondiana, rubricado por el Señor Gobernador Don Pedro Roselló González, transforma a los puertorriqueños en bilingües impecables: pulcros hablantes del español y fáciles usantes del *Difícil*.

Priva la insensatez si se desconoce la importancia del idioma inglés en cada una de las estratificaciones de la vida contemporánea. Relaciona éste con una de las culturas más críticas del siglo, la más influyente y observada. Pone a la disposición del interesado un periodismo indócil y animado a replicar la usurpación, contestar la duplicidad, cuestionar el incumplimiento político. A través suyo se expresa una literatura de contenidos arriesgados, una literatura asumida como pulido proyecto artístico y ahondamiento en los disfraces de la condición humana. Su bagaje de tecnicismos, de toda índole, no deja de renovarse pues la electrónica, la informática y demás ciencias del siglo tienen el idioma inglés por medio preferido de divulgación. Quien se invierte en dominarlo entra en posesión de una llave que abre cuanta modernidad se ensaya.

Pero, no se puede tapar el cielo con las manos.

El puertorriqueño se relaciona con el idioma inglés desde una rigurosa perspectiva de extranjero. Cuando la circunstancia lo dispone el puertorriqueño utiliza el idioma inglés como instrumento de sobrevivencia. En cambio, el idioma español lo conserva y valora como el instrumento de la vivencia.

4

La fotografía del periódico que leía anteayer todavía me conturba. El encrespado mar de banderas puertorriqueñas que la fotografía mostraba todavía me anuda la garganta. Todavía me sobrecoge el cruzacalle en que se explaya el grito *Nuestro idioma es el español*.

¿Será tanta emoción un síntoma de enfermedad o una muestra de salud?

De siempre me sé que el nacionalismo menos dañino aldeaniza. De siempre me sé que el nacionalismo más dañino tribaliza. Uno y otro pugnan por convertir en triunfo o primacía lo que no pasa de ser un dato que sólo interesa a los registros demográficos —el lugar de nacimiento. No, no hay superioridad congénita o misterioso toque de divinidad en el escueto ser de parte alguna. Aunque al puertorriqueño se le inculca, apenas comienza a gatear, que ser norteamericano garantiza una superioridad congénita y un misterioso toque de divinidad, una gracia concedida en el cielo y honrada en la tierra.

Ese nacionalismo, espúreo y sustituto, apenas comentado o denunciado, se apresta a buscar la nación fuera de ella. Ese nacionalismo, practicado por las huestes reaccionarias con la mayor ceguera, lleva a irresponsabilidades históricas, más propias del teatro de la mojiganga que de la política como moral —la Asamblea Legislativa de Puerto Rico goza del pervertido honor de ser el único cuerpo deliberante que endosa la guerra de Vietnam porque está en juego *el destino de nuestra nación*. ¡Ni una sola asamblea legislativa norteamericana ha tenido un comportamiento tan bufonamente norteamericanizante!

El nacionalismo puertorriqueñista, el que conviene en la afirmación de Albert Camus —*para llegar a la sociedad humana hay que pasar por la sociedad nacional,* el que reclama la soberanía desde disímiles voltajes de expresión— pragmáticos, trifloridos, radicales, cierra filas tras la consigna de la insumisión espiritual permanente. Pero, ni hace bulla aldeana ni levanta el polvo tribal.

En Puerto Rico, porque ha sido, a lo largo de los siglos, oportuna tierra de paso y socorro continuo de gentes forasteras, el sentimiento nacionalista no ha tenido, jamás, el carácter excluyente que ha tenido en otras latitudes, otros países refinados y primer mundistas. La nación, constituida a espaldas del sueño que huye del soñador puertorriqueño cuantas veces se promete, se ha discernido como una casa de puertas abiertas, una casa donde se estila la generosidad.

Un ejemplo reciente viene al caso.

Durante los últimos treinta años esa casa de puertas abiertas

se ha visto abarrotada, prácticamente, por algunos de los pedazos de la postal rota que es el Caribe. Muchedumbres cubanas,
muchedumbres dominicanas, se han instalado en ella con buen
pie y admirable desenvoltura, tanto que algunos aposentos de la
casa como Isla Verde y Capetillo se han cubanizado y domi-
nicanizado, respectivamente. Unos pocos elementos de esas
muchedumbres han observado una conducta tachable. Otros
se han mostrado harto descorteses. En respuesta, agraciada-
mente, los puertorriqueños no han descuidado los estilos de
generosidad forjados a lo largo de los siglos. Generosamente, se
han hecho de la vista larga frente a algunos desaires, algunas
ingratitudes. Generosamente, han facilitado el intercambio de
costumbres y tradiciones, se han avenido a la fructífera convi-
vencia, se han crecido como anfitriones, como amigos, como
vecinos, como hermanos.

Ni aldeana ni tribal ni irresponsable, otra inquietud distinta, inefable manifestación del alma, es el *amor natural de patria*,
como llama Garcilaso el Inca la corriente de afectos que se desata
en el ánimo cuando se reescuchan las voces que mecieron los
años primeros, las voces de la herencia, las voces de la pertenen-
cia. Son las voces de los nombres —el pueblo, el país natal, el
nombre de uno en boca de la madre. Son las voces de las cosas
—la sala de la casa, el tosco subibaja, un caballo hecho con un
palo de escoba. Son las voces del olor —el arroz cocinándose, el
refresco de avena. Son las voces del color —la madrugada a través de una persiana, un mangó florido en el camino a la escuela,
un perro acanelado. Son las voces de los *sitios de la memoria* como
las nombra una de las poetas más audaces de la lírica puertorriqueña actual, Aurea Sotomayor. Son las voces que se afincan en
la memoria hasta que la muerte o la locura las destierra.

La patria defiende contra los estragos del exilio según las palabras sopesadas, fieles de Edward Said. Contra la orfandad que
se expresa en la nostalgia defiende la patria. Y contra la laceria
que desvive al emigrante. Contra la soledad del mundo defiende
la patria —el *mundo* siempre invita a la distancia, el *mundo*
siempre reside en la distancia.

Confieso que ese amor natural de patria, cuya manifestación y sentir varía, de persona a persona, asoma en mi caso, poco épico y grandilocuente, en cuanto enfrento la zozobra con que define la existencia la poesía de Luis Palés Matos. O cuando la fragancia transformada en voz de Carmen Delia Dipiní porta una canción de Sylvia Rexach. Cuál lamentación del alma se mira en esos poemas, cuál melancolía mía descifran esas canciones no logro entender. Menos alcanza mi inteligencia razonar cuál memoria se despereza en la tumba del tiempo, cuál imagen se rehabilita en la inconsciencia por voluntad de esas voces. Parecidamente me estremezco cuando contemplo una tela de Carlos Raquel Rivera que se alza con los fuegos del atardecer puertorriqueño, fuegos que la inminente anochecida vengará. Cuál apóstrofe a mi corazón desprendo de esa tela magistral no lo sé. Lo que sí sé es que me abrasa. Como me abrasa la fotografía del encrespado mar de banderas puertorriqueñas que continúan tras el cruzacalle que dice *Nuestro idioma es el español.*

Confieso que, entonces, ese *amor natural de patria* se concentra en mí, silencioso, sedativo, afable. Confieso que, entonces, Puerto Rico, se me encaja en el pecho como una permanente bendición.

Tiene esta tarde de febrero nuevayorkés, que paso en Nueva York como tantos miles de puertorriqueños, una agónica refulgencia, más propensa a ensuciar las cosas que a mostrarlas. Ahora, la refulgencia fenece, como fenecen los suspiros becquerianos, inadvertidamente. A rey muerto, rey puesto: la electricidad se suelta por las bombillas y le avisa a la noche. Tiene esta tarde de invierno estragador unas sombras elegíacas, unas sombras que hieren y descuartizan la calle donde vivo, tiene unas infaustas luces cavernales. ¡Y pensar que son las cinco de la noche en todos los relojes! ¡Y pensar que son las cinco en punto de la noche!

SEGUNDA PARTE
Clase turista

Preguntan por Ruth Fernández

Con el interés del admirador consumado Gabriel García Márquez me pregunta por Ruth Fernández durante la fiesta de clausura del Festival de Cine de Cartagena de Indias. Abrevio la respuesta a una palabra.

—Espléndida.

A continuación Gabriel García Márquez y yo compartimos el entusiasmo por la Negra de Ponce. Encomiamos la carrera sin tiempos muertos ni ocasionales eclipses que el talento enorme le ha permitido hacer. Resaltamos la fuerza y la claridad como las virtudes irreprimibles de su garganta por la que desfila un repertorio musical superior.

Premiado por el orgullo que me causa evocarla, feliz de agasajarme la memoria con su arte descollante, con rapidez esbozo una distinción crítica a propósito de esta puertorriqueña de lujo.

—Más que una gran cancionera, Ruth Fernández es una gran artista. La canción levanta por su garganta un imperio de sentimiento. Sí es la voz pero no es la voz. Es la vida, con todo lo que tiene de caricia y de reproche, quien atraviesa la garganta portentosa de Ruth Fernández.

Mucho de escuchar atento tiene el conversar grato. El buen conversador oye con el mismo gusto con que habla. La conversación, entonces, posibilita la más difícil de las melodías. La melodía de la inteligencia. La inteligencia, voluptuosa como ninguna otra compañía, necesita siempre oír. ¿Será por ello que Unamuno escoge el confesor frente al predicador?

Gabriel García Márquez conversa como escribe. Es decir, de manera suprema. Además, retoma la conversación en el punto que la interrumpió cuando hubo de firmar un autógrafo o posar para una fotografía.

Estas inconveniencias de la celebridad, estos asedios mimosos de un público que lo adora, se producen cada tres o cuatro minutos. Pues en el país colombiano Gabriel García Márquez goza la justa fama de monumento viviente.

En Cartagena de Indias la adoración paga la deuda de la gratitud. Por los caserones y los patios y los zaguanes de esta ciudad, tan sedienta de literatura, transcurre una de las más bellas historias de amor jamás escrita, *El amor en los tiempos del cólera*; un amor que no cabe en otro ámbito que no sea este seductor que apresan y contienen las murallas. De una parte el laberinto de la villa y el hormigueo mercantil de árabe reminiscencia. De la otra parte el Mar Caribe al que recibe un puerto que parece artificio de la naturaleza. Contra ese escenario gestor de rutinaria poesía, contra el fondo incomparable de Cartagena de Indias, consiente el lector a la prosa perfecta que narra el idilio de Florentino Ariza y Fermina Daza.

Durante la fiesta, en los apartes que su generosidad me regala, García Márquez y yo tocamos nuevos temas y volvemos por los abandonados cualquiera de los doce días inolvidables pasados en Cartagena de Indias. A donde él me invita a viajar como jurado del legendario Festival de Cine que aquí se celebra. El Festival lo tiene por Presidente Honorario. No obstante, él se excede en la obligación y se asume como el más hospitalario de los anfitriones. Hasta al aeropuerto se desplaza a diligenciar el recibimiento. Y el abrazo de bienvenida del más universal y aclamado de los escritores contemporáneos añade honra a la invitación.

Del Caribe como una reconocible entidad de emoción conversamos y de su próxima novela a transcurrir en la Cartagena de Indias del siglo dieciocho. Conversamos de obras teatrales, de su *Diatriba de amor contra un hombre sentado* y de *Quíntuples*. De la película mexicana *Como agua para chocolate* conversamos —deslumbrante tributo a la sensualidad que florece por entre cacerolas y sartenes. Del burdel que Daniel Santos poseía en

Barranquilla conversamos. ¿Me dijo García Márquez que el burdel se llamaba *El niño de oro*?

No oculto, sin embargo, que la compartida admiración por Ruth Fernández se impone como la agradable sorpresa de toda la jornada. Para que el paso de las horas no aje tan bonito acuerdo, en cuanto termina la fiesta que clausura el Festival de Cine de Cartagena de Indias, vuelvo al hotel a principiar estas letras. Antes, me disculpo con Eduardo Galeano, Fernando Birri y los otros compañeros del Jurado de Cine que se marchan a disfrutar las inspiraciones de José Antonio Méndez en un bar próximo al Baluarte de San Francisco Javier. ¡Con lo que me ilusionaba que el corazón lo entretuviera esa gema de bolero que se titula *La gloria eres tú*!

Aunque no echaré de menos la música. De algún punto de Boca Grande los aires marinos traen a mi habitación los galopes de la salsa *Pal bailador* interpretada por la orquesta *La verdad* de Joe Arroyo. De algún punto de mi pasado humacaeño los aires del tiempo traen a mi corazón la canción que interpretó Ruth Fernández la vez primera que la oí —*Luna que se desmaya sobre el rubio arenal. Luna de Puerto Rico, novia del mar.*

¡Poderoso caballero es el Olvido! ¡Cuántas satisfacciones nos sustrae! ¡Cuántos cántaros de agua buena nos pudre o seca! ¡Cuántos amores nos desaloja del pecho! ¡Cuán canijo el espíritu nos vuelve!

Esta noche, sin embargo, ordeno la memoria, impugno los poderes del Olvido y le robo dos instantes que la dicha transfigura.

Uno lo abarrota mi madre Agueda, jovencísima, llevándome de la mano hacia la plaza de recreo, en compañía de la multitud que baja de la Barriada Obrera a presenciar a Ruth Fernández como atracción incontestable de la Orquesta *Mingo y sus Whopee Kids*. Parte de la multitud viene a bailar en el tablero que se levanta frente al teatro *Victoria* durante las fiestas que homenajean a la Inmaculada. Otra viene a subirse a las *machinas* llegadas de la lejana capital de San Juan o a comer la golosina de moda, *algodón*. La mayoría viene a atisbar, por entre las pencas que privatizan el tablero, a una mujer a quien se alaba con una flor que parece verso épico —*El Alma de Puerto Rico Hecha Canción*.

Naturalmente, el otro recuerdo emerge de la misma noche y lo abarrota Ruth Fernández. Luce un ceñido traje color pulpa de quenepa que la semeja a un hechizado pájaro de fuego. El Maestro de Ceremonias la presenta. Mingo señala a sus *Whopee Kids*. Entonces, Ruth Fernández abre los brazos, da permiso al vuelo de las manos y comienza a cantar. ¿Cantar y nada más? Cantar y mucho más. Ruth Fernández abre los brazos, da permiso al vuelo de las manos y se entrega al cultivo fructuoso de la rosa del misterio.

Cuando Gabriel García Márquez me pregunta por Ruth Fernández contesto que se encuentra espléndida. Y el adjetivo arremolina los esplendores que la biografían desde aquella noche de diciembre transcurrida en mi Humacao natal. El esplendor de la garganta emérita. El esplendor del atuendo. Los espléndidos matices infinitos que desfilan por las versiones de *Sollozo* o de *Preciosa* de *Tú volverás* o de *Cenizas*, de *Nuestras vidas*. El espléndido vuelo de las manos. El esplendoroso ser ella.

Que esos esplendores no los distrajeran los prejuicios raciales ni la insularidad rencorosa y mezquina demuestra la grandeza de Ruth Fernández —incomparable fulguración del cielo artístico hispanoamericano. Que los prejuicios y la insularidad rencorosa los desafía el arte mediante el cultivo sin tregua de la rosa del misterio.

Más que una gran cancionera, Ruth Fernández es una gran artista. La canción levanta por su garganta un imperio de sentimiento. Allí están el amor sin cautelas y el desprecio a que invita una traición. Allí están la ternura de la voz ronca y los flagelos de la voz ofendida. Es la voz sí pero no es la voz. Es la vida, con todo lo que tiene de caricia y de reproche, quien atraviesa la garganta portentosa de Ruth Fernández.

Un tanto de amanecer se aposenta, ahora, en estas páginas pues Cartagena de Indias ya madruga. Para tristeza mía madruga, además, el adiós a tanta gente que se da a querer. Por ejemplo, Gabriel García Márquez, el Nobel colombiano que, anoche, me preguntó por Ruth Fernández con el interés del admirador consumado.

Las señas del Caribe

E l *Caribe suena, suena* escribe el cubano Alejo Carpentier. Y la afirmativa fluye con la cadencia del verso. Pero, no se trata de un verso. Se trata de la explicación prosada del tejido cultural que unos nombran Caribe y otros mar de las Antillas.

La explicación triunfa por bella y por exacta.

La naturaleza caribeña tiene más sones placenteros que la guitarra. El impostergable mar traslada el son por las islas —tornadizo son marino que adormece o que asusta, que seda o que desvela. Y las brisas aurorales halagan la piel tanto como el zureo de las aves los oídos. No, no debe sorprender la impresión de paraíso sin serpiente que suscitan las Antillas.

A los sones de la naturaleza se añaden los sones humanos que regulan las noches y los días del Caribe. El son prolonga los amores, fanatiza las huelgas, orla las soledades de la muerte. ¿Se han visto enamorados sin canción? ¿Convence el piquete obrero que descarta el recurso del bongó y la pandereta? ¿Atenta la paz de los sepulcros la música, de linaje vital, que suena durante algunos entierros?

En otra esquina o solar del mundo tal vez. En las islas del Caribe no.

Particulariza al hombre y la mujer caribes el apego esclavizado al son. Cuanta oficina gubernamental se respeta ostenta un radio o varios que transmiten música bailable. La gestión de renovar la licencia de conductor, por ejemplo, la musicaliza una bachata en boca del estupendo Juan Luis Guerra o una balada en boca de la apoteósica Lucecita Benítez. Un retazo de son escapa de la radio escondida en botiquín en más de una sala de emergencia. El descenso del suero intravenoso, por ejemplo, lo musicaliza un guaguancó en boca de la eterna Celia Cruz o un bolerazo en boca del regio Danny Rivera. Si en el Caribe no se escucha el son se dificulta la vida. Si en el Caribe no se hace el son se estropea la muerte.

Como hijos del sol nomina la publicidad de escaso numen al hombre y la mujer caribes. Lo apropiado sería nominarlos hijos del son. Repitamos que el apego al son los identifica, el apego al son en toda manifestación posible. Incluso el son que deletrean ciertas carnes.

Un célebre merengue narra el efecto pernicioso de los sones carnales —*Tú tienes un caminao, Que me tiene trastornao.* Una célebre guaracha describe otro caminar que parece ondular entre la sensualidad y la procacidad —*Ofelia la trigueñita, Va por la calle, Y camina así, Camina así, Caminando así.* Hasta la imaginación chata o de menor despliegue visualiza ambos caminares tras oír el soneo de esta guaracha y aquel merengue.

Pero, vayamos a un son carnal que tiene nombre y apellido.

Archiva la memoria de quien oye cantar a la puertorriqueña Lucy Fabery la magnética extrañeza de la voz. Y a continuación los difusos espasmos de su cuerpo; espasmos que roban la serenidad a quien los mira. Oyendo el son gustoso de Lucy Fabery, viéndola elevar el movimiento corporal a concierto filarmónico, se reconoce la verdad en que incurre el cubano Alejo Carpentier cuando escribe *El Caribe suena, suena.*

En cambio, el puertorriqueño Luis Palés Matos ve en la mulatez y la negritud el común denominador de las islas asentadas en el mar que unos nombran Caribe y otros mar de Colón. La calle antillana, encendida por cocolos de negras caras, se repite como el escenario donde transcurre la poesía palesiana de mayor repercusión.

El verbo sonoro, la estrofa que reclama la voz bien impostada y la implicación del donaire gestual, convierten la poesía negroide de Palés en un festín para declamadores. Natural resulta, entonces, que la declamación la popularice y que se citen y reciten, desvinculados del poema a que pertenecen, varios versos incisivos y pegajosos como homenaje a la inventiva del autor.

Pero la repercusión trasciende la mera sonoridad, la impostación y el donaire. La poesía negroide de Palés no se entretiene en la demagogia necia o la retórica débil. Sí se detiene en la enumeración justipreciada de las aportaciones negras a la cultura antillana. Admira cómo el bardo puertorriqueño transforma, en cuidadosa reflexión, la plural vivencia negra. Admira cómo enmarca la plural vivencia negra con la onomatopeya rítmica, el soneo de las maracas y las sabrosas percusiones de los cueros. Que el Caribe suena, suena porque el Caribe es negro, es negro.

El idioma y la historia varían de Jamaica a Haití, de Aruba al Caribe hispánico. Pero la prietura permanece como la señal que hermana los piélagos antillanos. La imponencia de la negritud autoriza el protagonismo racial del Caribe que le confiere Luis Palés Matos.

El buen ojo del pueblo también lo reconoce. El refrán *el que no tiene dinga tiene mandinga* chacotea el ataque de blancura de las irrisorias aristocracias antillanas. A propósito, Fortunato Vizcarrondo, cuya poesía aguarda por el estudio imaginativo que pondere su deslumbre y originalidad, concibe unos versos desafiantes:

> *Ayer me dijiste negro*
> *y hoy te voy a contestar,*
> *mi Abuela sale a la sala.*
> *¿Y la tuya dónde está?*

Es decir, que ni la negación de los abuelos ni la ocultación de los cabellos grifos bajo el turbante compinche como se denuncia en *Vejigantes*, el drama esencial de Francisco Arriví, consiguen desmentir que la mulatez y la negrura sustantivan el destino antillano.

Otro rumbo prosigue el dominicano Pedro Mir al buscar el signo comunal de la antillanía. En uno de sus poemas capitales, *Contracanto a Walt Whitman*, Mir radica una breve nota autobiográfica que complace citar.

> *Yo,*
> *un hijo del Caribe,*
> *precisamente antillano.*
> *Producto primitivo de una ingenua*
> *criatura borinqueña*
> *y un obrero cubano.*
> *Nacido justamente y pobremente,*
> *en suelo quisqueyano.*

La mudanza continua de vivienda y la entremezcla étnica consignan el elemento aglutinador del Caribe según lo poetiza Pedro Mir, la señal imborrable de un pueblo grande repartido por un archipiélago pobre. Los versos de Pedro Mir, tan enjundiosos pese al laconismo calculado, sintetizan un intachable retrato con palabras del caribeño cruzado. Anima estos versos del Maestro dominicano una llaneza estremecedora y estremecida; la misma llaneza con que los tres países del Caribe hispánico han sabido vincularse. La opresión política, la dictadura de turno, los azotes de la miseria, la avaricia creciente de las clases privilegiadas, hacen que Puerto Rico hoy, la República Dominicana ayer, Cuba antier, se alternen como la capital de la entremezcla en el Caribe hispánico.

A la entremezcla conducen las fatigas de la peregrinación y las avenencias del exilio. Porque, como peregrinos y exiliados, sobreviven muchos antillanos a lo largo de los siglos. Desde los ilustres hasta los deslustrados. Desde los que viajan en la guagua aérea hasta los que se arriesgan a que el tiburón los destripe. Desde los que legitima el pasaporte hasta los que llevan por carnet una hambre vieja. Desde los que la Gran Sociedad acoge y protege hasta los que la Gran Sociedad estigmatiza y rechaza.

Además, la peregrinación y el exilio engendran unos gentilicios que portan dos lealtades comprometedoras. A veces conciliadores, a veces problemáticos, los nuevos gentilicios remiten a unas peripecias dignas de oírse. Peripecias de los puertorriqueño-cubanos y los puertorriqueño-dominicanos. Peripecias de los dominicano-puertorriqueños y los dominicanocubanos. Peripecias de los cubano-puertorriqueños y los cubano-dominicanos.

El son, la prietura y la errancia definen el Caribe según opinan tres de sus escritores imprescindibles, Alejo Carpentier, Luis Palés Matos, Pedro Mir.

La palabra útil y artística cristaliza en las definiciones de tan ilustres creadores. Que la literatura considerada imprescindible instaura un pacto entre la palabra que propicia la utilidad y la palabra que se satisface en el arte.

Pero, no solamente lo definen, caracterizan y señalan. El son, la prietura y la errancia se postulan como la bandera del Caribe entero. Una arropadora, histórica, facultada bandera de tres franjas. ¡Entrañable la una, unitaria la otra y la tercera amarga!

Los velos
del descubrimiento

Al amanecer de hoy doce de octubre se cumplen los quinientos años del *Descubrimiento* de América. La conmemoración ha dado pie a adhesiones y objeciones, innecesarios arrebatos de cólera y justas querellas, una hispanofobia poco menos que ridícula y la irrupción de un españolismo falto de rigor.

Con un resentimiento comprensible los descendientes de los pobladores originarios de lo que será América a partir del 1507 han calificado los festejos conmemorativos de cínicos porque olvidan o restan importancia a la matanza de miles y miles de *descubiertos* a manos de los *descubridores*. Y el rey de España, Juan Carlos, en consonancia con el descargo del poder que le ha ganado un apoyo a punto de unánime, ha pedido disculpas por las atrocidades que hicieron los conquistadores. ¿Cuál otro mandatario contemporáneo se ha dirigido a los herederos de los vencidos con tan responsable compasión?

No obstante, la percepción del *descubrimiento* como empresa de saqueo y subyugación se ha generalizado. Y la evasión y la vacuidad a que convocan, mayoritariamente, las fiestas del Quinto Centenario, tanto en una orilla como en la otra, han hecho poquísimo por contestar o atajar dicha percepción.

Al Quinto Centenario del Descubrimiento de América le ha sobrado bulla, fuego artitificial y juerga.

Provechoso hubiera sido patrocinar una reflexión sobre la moral de los imperialismos al momento del mundo acceder a la primera modernidad. Es decir, en los años posteriores al doce de octubre del 1492. Y tras una adecuada caracterización histórica oponer la actividad de España en las Indias a la llevada a cabo por Portugal, Inglaterra y Francia; oponer la actividad y la actitud. Más de una desinformación, lindante con el disparate, la borraría el conocer la tempranísima fusión de españoles e indios y el pronto nacimiento del signo cohesivo del Nuevo Mundo —el mestizaje.

Provechoso hubiera sido inventariar la riqueza de las lenguas precolombinas y comenzar la redacción de un diccionario del español americano. Y re-examinar las espiritualidades que fueran abolidas por el catolicismo. Y poner al día el registro de las artes que fueron sacrificadas en nombre del canon europeo.

Justo, a más de provechoso, hubiera sido insertar en tales documentaciones las vividuras de los negros traídos al Nuevo Mundo para sustituir a los indios en el recibo de los azotes, los palos y cuanta humillación se nombra. Pues si a los indios se los despojó de sus tierras natales a los negros se los secuestró de sus tierras natales. Si a los indios se los redujo a extranjeros en la propia casa a los negros se los quiso reducir a bestias sin alma.

Lamentablemente, se ha desperdiciado la oportunidad de hacer la valoración del *descubrimiento* con severidad y miras amplias. Una valoración comprometida con el esclarecimiento y la difusión de los aspectos apreciables y despreciables de tan imponente faena de transculturación. Una animada a desmitificar y enderezar viejos entuertos. En fin, una valoración crítica a ser adelantada por la especie en peligro de extinción que se llama el juez ecuánime.

Lamentablemente, se ha preferido dar rienda suelta al mucho ruido y paso al oropel, se han vaciado las cubas del incienso y malgastado metros y metros de terciopelo para recubrir el *descubrimiento* con velos espesos, unos velos al servicio de la obnubilación.

Aunque sería deshonrado negar que la restauración de los edificios construídos durante el dilatado mando español patentiza un triunfo indisputable de la conmemoración. Quien camina desde la Atarazana hasta la Avenida del Puerto en Santo Domingo o quien sube desde el Paseo de la Princesa hasta los cuarteles de Ballajá en San Juan se atiborra los ojos de magia y de esperanza.

¿Por qué la magia?

Porque la arquitectura peninsularista la acriolla el verde áspero del contorno forestal. Y el reverbero del sol en las paredes contiene el espejismo de un manantial que ebulle. Islas apertrechadas de claridad son las Antillas. Una claridad que emerge del fondo de la tierra como si fuera el fruto derrochado de un sepulto árbol de luz.

Palés Matos, espejo de sensibilidad caribe, alude *a la encendida calle antillana.* Y con imantada exquisitez Tito Henriquez habla del amanecer como el momento cuando se derrochan la luz y la poesía. Luis Lloréns Torres se refiere al mar de las Antillas como otro cielo constelado.

¿Por qué la esperanza?

Porque los edificios restaurados se aprestan a recibir la colectividad llana y corriente, heredera legítima y protagonista auténtica de la historia que, allí, se promete rescatar y continuar.

Sano, creador y arriesgado será que la historia a rescatarse o continuarse en esos edificios tenga como modelos de conducta y acción los nombres y las obras de quienes supieron ver el otro rostro de la América en español, la América pugnante.

La reivindicada por Montesinos. La cantada por Ercilla. La evocada por el Inca Garcilaso. La soñada por Bolívar. La peregrinada por Hostos. La fulgurada por Martí. La que compromete a Las Casas. Quien, patriota mal comprendido, limpia la honra de España cuando la mancha.

Conciencia sublevada según unos, sacerdote hambriento de reconocimiento según otros, *paranoico* según lo despacha Menéndez Pidal, aliado del *hombre perseguido* según lo cumplimenta Pablo Neruda, de infinitas maneras se enfrenta la figura de Bartolomé Las Casas. En cuyo hacer moral podría encontrarse inspiración y guía para el periodo post-celebratorio del Quinto Centenario.

Así como Colón amplía el conocimiento del mundo y Cervantes redefine los alcances de la literatura, así Bartolomé

Las Casas amplía la conciencia, redefine la moral cristiana y hace de la vida un monumento de insatisfacción creadora al asumirla como una jornada de crisis y problema.

Una gestión formulada a partir de convicciones parecidas replantearía la conmemoración del *Descubrimiento*. Además, colocaría la fecha de hoy, doce de octubre del año mil novecientos noventa y dos, en la perspectiva saludable de la controversia inteligente y la reflexión severa.

Lo demás, aunque la buena intención se anime a redimirlo, no pasa de ser *humo esfumándose en el cielo* como versificó la sabiduría de aquel Gran Poeta por estos lares nacido.

La generación o sea

Recientemente —y el adverbio flexibiliza la distancia temporal— un estudiante contestó a mi pregunta sobre la mala novela de un buen poeta de la manera siguiente:

> "O sea que el personaje se suicida a sí mismo
> con pastillas de dormir, o sea que el personaje
> se mata a sí mismo, o sea con una dosis grande
> de supositorios."

La referencia al personaje que, en el colmo de las osadías, se suicida a sí mismo, no es la noticia más relevante de la respuesta citada. Tampoco el testimonio de la ingestión masiva de supositorios. Aunque una cantidad excesiva de los mismos iguala la capacidad letal del exceso soporífero: cada quien se suicida por la vía de su preferencia. De las formas que ha de tomar el suicidio no hay legislación vigente. Lo que revela la necesidad de publicar un breviario sobre el particular en la hipotética serie coleccionable *Hágalo personalmente*. Tal publicación invitaría a suicidarse en primavera y a revisar los suicidios ejemplares como aquel que consuma —borrascoso pero elocuente— el protagonista de la novela española del siglo quince *Cárcel de amor*.

La noticia relevante de la respuesta citada es la repetición, una, diez, cien veces de la frase *o sea*, utilizada como angustioso recurso de ciego de la lengua que adelanta ese torpe bastón inseguro y vacilante; o sea que reclama la palabra distante que ni llega ni alumbra porque ha sido expulsada de la región de la inteligencia que llamaremos, arbitrariamente, de la expresión cierta; región desde la cual asimos la realidad o la porción de aquella que nos importa y conmueve, hecha toda de palabra la realidad.

En el acopio, la selección y el inventario de las palabras se acopia, selecciona e inventaría nada menos que la vida. A la vez las involuciones y las revoluciones que la configuran: en toda palabra se concreta una experiencia de rigor social que nos impone y expone, toda palabra nos fecha en la historia mientras nos historia, toda palabra nos ficha, taxativamente, en la moral. Fecha y ficha, plenamente, completadas por la simple manifestación del pensamiento más simple.

Llamo a la frase *o sea* recurso ciego de la lengua o muleta dolorosa de quien ha sido educado para no serlo: educación reducida al material, justamente, prescindible. Cuando el estudiante aludido, en el párrafo inicial, se lanza a la exposición desde el trampolín que es la frase *o sea* adelanta que no dispone de la palabra que, más tarde, en el reconocimiento de la impotencia verbal, jurará tener —paradójicamente— en la punta de la lengua. La frase *o sea* pretende completar, precisar o hasta traducir la afirmación *o sea que el personaje se suicida* a una lengua creídamente eficaz: o sea que el personaje se mata a sí mismo.

La reacción a lo que apenas si es balbuceo lógico francamente desalienta: donde no ocupa espacio la palabra se coloca una sonrisa mediana o mediadora, se organiza una gesticulación trunca, se oscurece la sílaba última de la oración como advertencia de la limitación o mutilación expresiva. Si bien la causa se desconoce o aparenta desconocer.

Entre nosotros no se maneja la lengua con comodidad, soltura y cabalidad, con la naturalidad y el empeño de aquel para quien la lengua no es motivo de tensión porque logra transmitir su vibración íntima: la espiritual, la material. ¡Ojo! No me refiero a una lengua de falsificado hispanismo y casticismo maltrecho, refulgente de mantones, castañuelas y zetas que quiebran el oído. Tampoco a la lengua de soterrada intención clasista y erudición de antología con la que se trafica por las academias de artes y ciencias, las directivas de los clubes cívicos y la telúrica poesía del pendejismo lírico que tan larga carrera ha hecho aquí. Hablo del embarazo en organizar la experiencia desde la palabra corriente, lozana. Hablo de la difícil posesión firme, profunda, clara, de nuestra lengua pese a la mentira burocrática del bilingüismo.

La vacilación nominativa, la recurrencia al *o sea* que se quiere traductor de un pensamiento que jamás se efectúa, la sustitución de las palabras reales por términos de grotesca manufactura como el *deso*, la *desa*, el *coso*, el *cosito ese*, la *cosita esa*, la *vaina esa*, el *aparatito que es como una cosita redondita*, contienen una explicación rasa: la educación ambivalente, colonizada y colonizadora del hogar y la escuela.

Chiquiteo y mamismo, nieve y ardillitas juguetonas de Central Park, faldas de la madre y la abuela y la tía y la maestra y la principal escolar, faldas del cura; *log cabin* del buenazo de Lincoln y árbol de *cherry* del perdonado por verdadero Jorge Washington, huevo de *Easter* y brujas de *Halloween*; el niño puertorriqueño recala en la palabra tras un viaje por la más oscura de las selvas como ha planteado, irónicamente, el escritor Salvador Tió en el artículo *Amol se escribe con r*; selva oscura e inhóspita donde la palabra niño revierte a la reducción más pueril e insensata.

El niño es el niñito además de gordito o flaquito, peludito o calvito, feíto o graciosito. El niño tiene una naricita en vez de una nariz. El niño toma lechita en vez de leche —el criterio selectivo de la mamita decidirá si toma de las Tres Monjitas. El niño defeca una caquita blandita pero jamás una caca blanda. El niño se queda dormidito en una cunita pero nunca dormido en una cuna.

La enumeración es infinita y da pie al razonamiento malsano de que *Blancanieves y los siete enanitos* podría ser la expresión suprema de nuestra literatura nacional.

La protección diminutista no sería lesiva si las palabras murieran cuando son pronunciadas, si no albergaran la intensidad de un corazón que late. Pero, una palabra es mucho más que una palabra: es una toma de poder, una arma que permite la modificación de la circunstancia, una licencia para instalarse en el mundo. Tras ese chiquiteo inicial se dispone la reducción de la palabra en su contenido y número; falsa, torpemente, se asume que el niño niñito está incapacitado para acumular un vocabulario amplio y exacto. Del chiquiteo cuyos *itos* e *itas* presuponen una inmensidad de dulzura y cariño se pasa a la utilización de los términos de grotesca manufactura como el *deso*, la *desa*, el *coso*, la *cosita*, la *vaina*, el *aparatito que es como una cosita redondita:* sustitutos insensatos para la nominación correcta del objeto. Mediante ese proceso la realidad se elementaliza hasta hacerse extraña y desconocida y la palabra se niega o se escamotea. La facilidad que se le adelanta al niño mediante el ahorro léxico se convierte, una vez adulto, en patética dificultad puesto que le imposibilita la fluidez verbal, meramente, aceptable.

La escuela puertorriqueña carnavaliza: bailoteo y caridades putrefactas, ropaje y máscaras alegrotas, ceremoniales de graduación y santoral académico, reuniones continuas de los maestros, los principales y los superintendentes para ensayar nuevos métodos educativos más viejos que el frío. Patrulla Aérea Civil y Futuras Amas de Casa de América: orientación rotunda para la desorientación rotunda. Así, la tontería se eleva a categoría, la frivolidad también. Como si el norte de todo el sistema educativo fuera el fracaso estrepitoso.

Llamo generación *o sea* a aquella a la que se le pospone la construcción de la libertad social de la palabra: suma mayúscula de las otras. Esa libertad se cumple cuando el individuo se educa para saber el nombre exacto y escueto de las cosas: sin falsificaciones, sin bizquera semántica, sin *desos* ni *o sea* trágicos. En su libro *El laberinto de la soledad* afirma el mexicano Octavio Paz que "la crítica del lenguaje es una crítica histórica y moral". Buen tratado para un comienzo: palabra, historia y moral en una sola ecuación.

Roma,
ciudad de Moravia

Toda *ciudad es un destino porque es, en principio, una utopía.* De esta manera, abarcadora y sumaria, comienza el ensayo, útil y práctico, del escritor peruano Sebastián Salazar Bondy, *Lima la horrible.*

Toda ciudad, ya como destino o utopía, la reinventan los ojos que la miran. Y al mirarla la vuelven cárcel, espejismo, hechizo que no cesa, hasta razón de vida.

Reinvención, paraíso cerrado, lugar sin límites, a Barcelona bien puede buscársela, inicialmente, en la arquitectura verbal de Juan Marsé y Eduardo Mendoza; a Nueva York en el amargo daiquirí étnico que prosifica Tom Wolfe; a Alejandría en la intriga polifónica que le urde Lawrence Durrell; a Buenos Aires en los vacíos con que la nutre Jorge Luis Borges; a San Juan entre las ficciones transgresoras que le impone René Marqués; a Ciudad de México en las travesías por la miseria e historia que le organiza el talento sin par de Carlos Fuentes.

Toda ciudad, en fin, propicia un idilio exhibicionista como el que aqueja a Jorge Amado por Bahía o un odio de amante como el que destilan algunas páginas de Mishima con Tokío como geografía mutante.

Ciudad carcelaria como pocas, ciudad hechicera como pocas, a Roma se la alcanza mejor desde una página cualquiera de Alberto Moravia.

Por ejemplo, desde uno de los monólogos dialectales e implacables que integran los *Cuentos Romanos*, colección ejemplar de andanzas donde la virtud y la bastedad, la grosería y la franqueza sin matizar se citan. Por ejemplo, desde uno de los desandares por Roma de esa otra lozana, la lozana Adriana. Por ejemplo, desde esa pensión *Humboldt* donde se hospeda Gianmaría, protagonista de *El engaño*, pensión que alberga unos personajes a los que domina un muy romano ánimo pícaro.

Ciertamente, otros miradores se sobran para las eternidades y brevedades que por Roma se pasean, otros accesos celados, otras celosías.

De entre la infinidad de accesos y miradores ninguno tan popular como el cine. Sobre todo el iconográfico del neorrealismo y el posterior y suprarreal: cine ese cuyos avisos de STOP los configuran *Roma, Ciudad Abierta* y *Roma Según Fellini*.

Pero, la Roma de Alberto Moravia consigue una complicidad fértil que el cine imposibilita. Roma, entre palabras, fertiliza la imaginación y acciona los dispositivos de la sugerencia.

Mas, ¿cuál sugerencia? La que los lectores quieran. Un ambiente zafio, una atmósfera idílica, un estallido anárquico de amor, los sigilos de una traición, una expresión de doblez. Que bien pueden situarse ya en el Trastevere, ya en el descampado ominoso de algún cinturón de miseria, ya en los baldíos del camino a la playa de Ostia, ya en una pensión de alquileres transigentes, ya en una fonda donde comer mal.

Porque Roma, también, se puede mirar como una delirante infinidad de aldeas cosidas o repulgadas con la sonrisa mágica del nombre. Porque a Roma, también, se puede acceder como a provincia satanizada por el tránsito vehicular. Aunque endiosada por las fuentes cuyas nereidas invitan a volver. Que Roma es vicio amable que no se abandona.

Roma, con vocación para el bel canto como ninguna otra ciudad, se enciende con las pasiones que le elabora, sabio y gustoso, Alberto Moravia. Roma, hinchada por tanta borrachera sensorial y tanta apuesta a la vida, gobierna cientos y cientos de páginas de Moravia. Roma, la de las calles y callejas que van a morir a otras calles y callejas hasta configurar un laberinto, capitaliza el lugar de la acción de la narrativa moraviana. Roma, obsesionada consigo misma como antiguo ombligo del mundo, aparece en la literatura de Moravia para ofrendarse como la ciudad donde la fantasía es la única realidad posible.

Dije cualquier página. Dije cualquiera sin necesidad de desterrar de la página el convincente aliento humano de los grandes personajes como Adriana en *La romana*, Luca en *La desobediencia*, Marcello Clerici en *El conformista*, Agostino en *Agostino*, Tereso Arango en *La mascarada*: personajes cuyo diseño ficcional obligan a dejar a un lado el paisaje, el color local, los marcos externos y concentrarse en el curso de las pasiones que los aturden, oscilatoriamente. La tormenta y la dicha, la jocundia y el desgarramiento.

Pero tras ellos, acaso frente a ellos mismos, como imparable fuerza, como pasión sin contener, se enseñorea Roma, ese destino para naturales y forasteros que tuvo en Alberto Moravia un juglar rabioso, alerta e inspirado. Por voluntad de Moravia y boca de sus personajes esa Roma profunda y frívola, espumosa y visceral, nos sigue provocando como la utopía que, realmente, es.

En busca
del tiempo bailado

Un largo viaje por los amparos de la nostalgia resulta el espectáculo *Jerome Robbins in Broadway*, una recuperación fragmentaria de las aportaciones de Robbins al coctel de sabores parientes que ordena la tradicional comedia musical gringa.

Escribo *tradicional* y aparto la entrañable comedia musical que dosificó, en partes iguales, el diálogo, el canto y el baile de una reciente que intenta operatizar el género. Aquella *tradicional* halló la expresión noble en hitos como *South Pacific* y *Call me Madam*; postales coloridas de un Broadway que contestaba, con la risa y la amable evasión, a las cirugías morales propuestas por el teatro de William Inge, Tennessee Williams, Arthur Miller. Esta reciente alcanza la nitidez expresiva en piezas seminales como *Into the woods* y *Sunday in the park with George* de Sondheim y *Cats* y *The phantom of the opera* de Webster. Es decir, comedias musicales que privilegian el canto y lo lanzan a la experimentación formal mientras que el baile y el diálogo apenas si los atiende, los aprovecha. O les atenúa el provecho. O los reduce a la ocurrencia blanda y menor llamada *pincelada* que define su carácter adjetival y olvidable.

Contrapuestamente, y ello justifica el largo viaje por los amparos de la nostalgia que se concreta en este espectáculo exitoso, la coreografía de Jerome Robbins se definió siempre por la construcción recia, la construcción inolvidable. Incluso la que podría catalogarse de blanda y adjetival, la anterior a la cumbre de movimiento masivo y solución del espacio que alcanza la legendaria *West Side Story*.

Hasta cuando se zambulle en la cursilería y saca a flote los manerismos, diz que orientales, de *The King and I*, Robbins transmite el dominio superior del oficio. Hasta cuando juguetea con las volteretas aéreas, diz que maravillosas, del insoportable Peter Pan —antepasado definitivo del Oskar de *Tambor de hojalata*, Robbins se distancia del lenguaje original mediante una elaborada simplificación. Hasta cuando parodia el eros secular del *burlesco*, mediante el sismo de tetas y el huracán por las pelvis, diz que traviesos, que atraviesan por *Gypsy*, Robbins aísla unos modos que espuman el carácter bufo del modelo original.

Pero, el Jerome Robbins excepcional no es otro que aquel que abre los ojos y expande el corazón para canibalizar una calle que atestigua la crispación amenazante de los *latinos*, los *hispanos*; una calle del *West Side* nuevayorkés de los años cincuenta.

Aquellos impetuosos Romeo y Julieta rebautizados como Tony y María, aquel Romeo en *blue jeans* y aquella Julieta con el escote discreto que insinuaba la virtud, aquella muchachería trigueña o con la piel aceitunada como eufemiza el prejuicio, pasearon por el mundo el conflicto nuevayorkés de los *latinos*, los *hispanos*. Pasearon, también, la metáfora de la rabia transgresora; metáfora orquestada por una danza que semejaba arrancar de las vísceras y terminar por cada poro del cuerpo, por cada gesto inaugural, por los cabellos crespos donde el mestizaje ardía.

Sobre todo, María y Tony, Bernardo y Anita, los temibles *Jets* y los temibles *Sharks*, encarnaron la movida del arte de bailar en *latino*, en *hispano*; del arte nuevo de bailar en frenesí.

Tal bailar legitimó el apasionamiento expresivo a que llevaban las raíces de los personajes principales —puertorriqueños expulsados hacia la costra de la metrópolis, puertorriqueños injertados en el árbol sin fin del prejuicio racial yanqui, puertorriqueños ubicados en la precariedad de una extranjería cuya salida única era la asimilación sigilosa.

A la vez, tal bailar lo legitimaron los hallazgos del Jerome Robbins excepcional, quien partió de la observación de la violencia y la furiosa ternura que son oferta permanente en las calles de Nueva York para madurar su coreografía.

Finalmente, Jerome Robbins saturó el idioma del ballet cimentador de *West Side Story* con una voluptuosidad transmisible. Y lo contaminó con el desgarramiento arrasador que se le reconoce a los *latinos*, los *hispanos*, como recurrente señal de identidad.

Desgarramiento arrasador lo nominan unos, temperamento producido por una terrenalidad esencial lo nominan otros, cultivo de un primitivismo bello y tajante suelen nombrar algunos cierta explosión de vitalidad colmada de fervor e instinto que trajina por el dolor y la risa de los *latinos*, los *hispanos*. Desgarramiento, temperamento socializador, primitivismo bello y tajante que altera el signo emisor y la semántica y se expresa, parecidamente, en los guaracheos de Celia Cruz o los salseos de Rubén Blades, en la aventura boleril de Lucecita o en las teatralizaciones del tango de Graciela Daniele, en el histrionismo que apoya el gran hacer operístico de Plácido Domingo o en el regusto por la emoción vuelta *bel canto* que es el *trademark* estupendo del estupendo Pedro Almodóvar.

Tiene por razón el arte la investigación que lleva al conocimiento relativo de esos desconocidos permanentes que son la mujer, el hombre. Cuando dicha investigación se produce con rigor y originalidad, cuando se crea la danza innovadora y el poema adivinatorio, la sinfonía que embelesa y la tela que se sabe audaz, el drama urdido con temerarias preguntas y la canción que da solaz, entonces la satisfacción y el agrado del público se libertan.

La busca del tiempo bailado que resume, antológicamente, el paso de Jerome Robbins por los escenarios de Broadway se estaciona, durante unos quince o veinte minutos, en una suite de *West Side Story*. Durante esos quince o veinte minutos se asiste al imperio sensorial que modifica y biografía a los *latinos*, los *hispanos*. Durante esos quince o veinte minutos se asiste a un colosal develamiento del ser y el existir del *latino*, el *hispano*: la emoción cruda, la emoción a flor de piel, la intensidad sin fin para volcarse en el dolor y la risa. Sobre todo, la fe en el cuerpo donde celebra su misa el placer.

Redundante parece comentar el efecto que consigue la práctica de tanto rigor y originalidad. Innecesario parece insistir en la gratitud con que acoge tal práctica el público que halla en la coreografía de Jerome Robbins una suerte de ontología de la calle nuevayorkesa, un atrecho por el corazón convulso hacia la comprensión de los *latinos*, los *hispanos*. La comprensión y el respeto.

En la cárcel
de la normalidad

La burocracia comunista polaca envía el ejército a la calle y decreta la normalidad. El servicio norteamericano de inmigración secuestra miles de haitianos y decreta la normalidad. La jerarquía universitaria reclama la presencia de la fuerza policial en el recinto de Río Piedras y decreta la normalidad. ¡Días normales vivimos!

El caso de Polonia resulta trágico hasta la mueca. Porque expresa una contradicción suprema, intolerable — la de un modelo ideológico reflexionado y soñado para el bienestar creciente de la clase obrera y vuelto enemigo de la clase que juró proteger. Curiosamente, el pensamiento político orientador no estaba amenazado en Polonia. Tampoco se amenazaba la sobrevivencia de la fe oficial. La aspiración de *Solidaridad* consistía en incorporar, a la práctica efectiva, las aspiraciones de mejoría tras largos y fatigosos años de apuesta a una esperanza incumplida. Pero, la normalidad se impuso.

El caso de los refugiados haitianos denuncia el racismo aterrador que —con sutilezas expresas o con ruindad envalentonada— se practica en la nación norteamericana. Y también muestra la duplicidad moral que la presidencia de Ronald Reagan ha convertido en la característica resaltante. Argumentar que quien huye de la miseria alucinante que construye la dictadura de Duvalier no huye de una situación política pervierte la inteligencia. Secuestrar y confinar los refugiados haitianos en unos centros donde se lleva a cabo una interminable inspección higiénica y legal supone colocarse al margen de lo humano. Retrasar su incorporación a una vida de trabajo decoroso, con el propósito único de interrumpir el éxodo masivo de negros a suelo norteamericano, fluctúa entre el prejuicio y la indecencia. Pero, la normalidad tiene sus reglas.

La creatividad y la liberalidad que fomentó el Rector Antonio Miró Montilla durante los primeros meses del año —con el asesoramiento entusiasta de uno de los decanos más eficientes que ha tenido la Facultad de Humanidades, José Ramón de la Torre— contrastan, trágicamente, con el acoso y la restricción que fomenta hoy. Los peores momentos en la conducta del estudiantado en huelga —y son indignos y de imposible justificación los atropellos que varios estudiantes han cometido— se empequeñecen ante el desconocimiento craso de la grandeza y la servidumbre de la Universidad que padecen el Rector Miró Montilla, el Presidente Ismael Almodóvar y el Consejo de Educación Superior. La flexibilidad les pareció debilidad. Los extravíos habituales del Gobernador Romero les parecieron señales de tránsito. Cuando el diálogo y la comunicación y la confianza colapsaron optaron por la normalidad. Y para implementar la normalidad reclamaron la presencia de la policía.

En un mundo desolado por la intransigencia y la hambre, por la búsqueda individualizada y egoísta de la felicidad, por el fanatismo político y religioso, tanta súbita normalidad complacería si la misma no enmascarara la represión. Y la represión es siempre, alternativa mala, solución falsa.

No importa el ardor intelectual que se malgaste en la apología de la represión. Como el que se malgasta en las encíclicas que articula la rigidez comunista. No importa que la represión se disfrace con los colores del juicio ponderado. Como el que intenta disfrazar la persecución y el cautiverio de los haitianos por parte de los servicios de inmigración norteamericanos. No importa que la represión se justifique en nombre de una abstracción mayoritaria. Como la que intenta justificar el despliegue ostentoso de la fuerza policiaca en la Universidad a petición de la dirigencia actual.

La represión es siempre un signo de desesperación, de alarma por la diferencia, de contundente fracaso. Que se avanza a compensar con la invención de la normalidad que avasalla el desacuerdo, que coarta la voluntad de movimiento, que cuestiona el derecho a la inclinación singular. Una normalidad así, necesariamente, repugna.

Irónicamente, los retratos de los cañones polacos, los retratos de las alambradas del Fuerte Allen, los retratos de la Universidad de Puerto Rico invadida por la policía, contienen un discurso oculto, un asterisco luminoso. Que es el siguiente.

En la normalidad inventada, en la normalidad que aborta de la mordaza y la represión, en la normalidad controlada, quedan encarcelados, a perpetuidad, los nombres y el destino moral de quienes la invocaron, de quienes la decretaron, de quienes se atrevieron a posibilitarla. Justicia es que así sea.

La fatal melodía del azar

Frente por frente a la Puerta del Reloj, fuera de las murallas que defendieron a Cartagena de Indias del asedio de Sir Francis Drake y demás *piratas malignos* —la frase piratas malignos la nutre el barnizado pluricolor que chorrean los paquines o el lugar común del ojo perdido en batalla cruenta y de cuyo horror libra el siniestro parche— se congrega, de sol a sol, una ajetreada multitud que acumula los tipos, los modos y los resabios consagrados por el color local.

Corte de los milagros se ha vuelto la otrora plaza fuerte, mercado de argucias, floresta de jaiberías. Esmeralderos que venden la piedra preciosa con la intención maravillosa del superchero. Macizas negras de Palenque que mondan una piña en el tiempo reglamentario de un pestañeo. Despenseros industriosos de jugos de lulo y corozo. Vendedores entusiastas de los discos de Claudia de Colombia y el inmenso Daniel Santos. Voceadores de la revista *Puños Criollos* con la estampa belicosa del campeón Kid Pambelé en la portada. Pidienteros de oficio que extienden la tarjeta mugrosa —moneda devaluada de una dignidad en quiebra— que los presenta como huérfanos, como tullidos, como mudos de nacimiento. Marineros de las barcazas que aguardan por el pasaje para Santa Marta y San Andrés, marineros que se llenan el buche de nísperos y piropan a una culona que camina al son matador de la cumbia. Freidoras de chorizos y menudo de pollo. Dulceros de Bocachica. Tamaleras.

En suma, gente que ordeña los días; gente que lleva en la sangre la pujanza colosal del pueblo; gente que invenciona una picaresca, a camino intermedio, entre la tragedia y la comedia. Como para resistir. Como para no tocar fondo. Como para mal vivir mientras el cuerpo aguante. Como para sobrevivir. Como para no cejar. Porque la cosa es acá y acá es el resuelve. Y a los golpes como del odio de Dios que enunciara el poeta se responde con los golpes como del odio del hombre. Golpes certeros con los que se recupera la alegría desgarrada de vivir.

De cuantas personas operan muros afuera de Cartagena de Indias, de cuantas salvan a Cartagena de Indias de ser mera reliquia de calicanto o baluarte de una historia que no se encrespa ni increpa, de cuantas impiden la instauración satisfecha de la nostalgia estatuaria, de cuantas interrogan la dura existencia frente a ese reloj que ordena la interrogación, ninguna tan admirable como la que trafica por entre los médanos de los sueños desbocados. Y en una fracción de billete de la lotería propone el acceso al laberinto de la fortuna.

No recuerdo otro país de la América descalza donde el azar signifique tanto como en el país colombiano, donde la estimación por el juego o la apuesta alcance caracteres de endemia.

Pero, no hago solamente referencia al empeño por cambiar o mejorar de estado e incorporar la vida a un pasar mediano que, para muchos, es el síntoma mayor de la decencia; empeño que en las clases sociales rejodidas se modula, preferentemente, en el esperado favor de la lotería. Hablo, también, de la ceremonia que, en tierras colombianas, celebran los rostros de los billeteros cuando intentan colocar el pedacito del billete en las manos del cliente potencial. Como si fuera el ofertorio profano de otra hostia y otro vino. Hablo del enaltecimiento de todo billete con la labia que teje el cuento bonitísimo de la dicha y la prosperidad. Hablo de la persecución infatigable que efectúan los billeteros mientras marean o conquistan o agotan, con sus dulces vainas y lindas boberías, a quien se creía inmune a la enfermedad de tentar el azar.

En Cartagena de Indias, sea porque la belleza cotidiana de la ciudad infecta de turbia imaginación el seso de los nativos, sea porque tener el Caribe por espejo abre los ojos intelectuales que mentaba la Celestina, sea porque los días ardientes provocan espejismos, los juegos de azar dan a luz un retablo de ofertas variadas y simultáneas. Y el auténtico julepe que arman los pregoneros de las loterías regionales —La Vallenata, Chocó, Nariño, Bogotá, Valle del Cauca, Bolívar, Cundinamarca, Bucaramanga, Risaralda, Manizales— lo multiplica el chasquido seco de los dados que lanza un cojo cetrino, el barajado silbante de las cartas de quien se anuncia como el Temido de Medellín, la carrera corta de los caballitos plásticos que administra un habilidoso del barrio cercano de Getsemaní, la adivinanza de las tres chapas que esclaviza los ojos de un mazo abultado de cartageneros, el lanzamiento de aros a los cuellos de las botellas, la quinta y la sexta del hipódromo.

Juegos diversiformes, riesgos inútiles. Juegos sucesivos, rifa magna de la Cruz Roja de un edificio de cinco pisos. Juegos desamparados, rifa de un pasaje para darle la vuelta al mundo en ochenta días. Juegos escalofriantes, ensoñados atrechos por los que se abandona el grueso barrio de los pobres. Juegos histéricos, solicitud de visado para entrar a la ciudad donde la risa no es lujo ni leyenda. Juegos paralíticos, el corazón en un hilo precario porque el pesito arriesgado en las patas inmóviles de los caballos plásticos daba bien para un tinto. Juegos fracasados, rostros de perdedores que vacían su cansancio mientras contemplan otros rostros de perdedores que vacían su cansancio. Juegos hambrientos.

También en Cartagena de Indias el que juega por necesidad pierde por obligación. Más que por la necesidad de arriesgar unas monedas o satisfacer cierto humano entusiasmo por el vaticinio se juega por desesperación. Por la falta de fe en el sistema que rige, por la falta de esperanza en la justicia de la Justicia se procura la caridad del azar. La repetida negativa del número jugado a colarse entre los premios escasos no cura la enfermedad o el vicio de jugar. Contrariamente, el fracaso potencia la certeza trágica de que la próxima vez sí se ganará, sí se superará la miseria, sí se logrará el salto. Sí, se juega por desesperación y pura aceptación de la derrota, por la aceptación fatalista de que no se conoce otra melodía para acunar la pobreza. La cuestión es cambiar la melodía.

Venezuela suya

La ruta que va desde el Aeropuerto de Maiquetía hasta el centro viejo de Caracas —enjambrado sobre las plazas Bolívar y Miranda y los teatros Nacional y Municipal— la contagia estos días la propaganda que efectúan los partidos políticos, pretendientes a la toma del poder el diciembre próximo y la ocupación consecuencial del Palacio de Miraflores. Las fotografías de los candidatos, las consignas y las cuñas, los llamados a las concentraciones multitudinarias se entremezclan, en las vallas, con el resultado gráfico de un *collage* trabajoso. Un ojo de Jóvito Villalba, achinado por obra y gracia de una brocha opositora, examina la boca mellada de Lorenzo Fernández, mellada por navaja o estilete —según se mire. Sobre la calva impecable de un Pérez Jiménez plácido e inocente maniobra y gesticula un Carlos Andrés Pérez plácido e inocente.

¿Caos, vitalidad democrática o cintajos y miriñaques escapados de un boceto menor de Marcel Duchamp o de una litografía sublime de Lorenzo Homar? ¿Homenaje impropuesto y extemporáneo al expresionismo alemán? Como son catorce las aspiraciones a la presidencia de Venezuela y sólo el diablo, el buen Dios y la diosa María Lionza sabrán cuántas a las cámaras senatoriales, la tinta y las exhortaciones a la participación masiva, construyen una torre de Babel tecnicolor —Vota Verde, Vota Morado, Vota Rojo, Vota Blanco.

El número de candidaturas no sería imprudente, aún cuando fuera excesivo, si cada una modulara unas propuestas nítidas de cambio y progresión, de precisión ideológica y revolución económica, para servicio y beneficio de una Venezuela poblada por once millones de hombres y mujeres. Pero, la lectura sucesiva de declaraciones, partes de prensa, programas de partido y otras cuñas de peor ver y oír, nos informan de la multiplicación de iguales alternativas.

De cuantas proposiciones interrumpen la ruta que va desde el Aeropuerto de Maiquetía hasta el centro viejo de Caracas ninguna tan qué le vamos a hacer como la que pontifica oronda, como cachapa de queso, *Pérez Jiménez al poder —Doña Flor a la presidencia.* ¿Piensa el malhadado dictador que aún puede florecer? ¿O don Marcos se socorre en las flaquezas de la memoria venezolana?

La ruta, en su comienzo, revela también, la otra cara del país del oro negro y la riqueza legendaria, la cara sin lavar de la Venezuela saudita: casas pobres, casas más pobres, multifamiliares seriados en cuyos balcones hay juegos de niños y ropa tendida, uno que otro espaciado tenderete de frutas o venta de chicha, casas cayéndose, casas caídas, casas entre los escombros. Después, cuando la ciudad se hace inminente, cuando el taxi ha salido de los túneles inmensos que taladran el vientre de la montaña, cuando se perfila la urbe, cuando el espacio y las líneas pregonan un maridaje intenso de función y creatividad, aparecen los rostros y los cuerpos.

El carácter dicharachero del venezolano, su apertura a la broma y las improvisaciones de la amistad, la chispa y la agudeza, el olfato para la decencia y la falsificación y un sabroso pachangueo del espíritu, lo aproximan al antillano. Como si la esencial manera de ser, el comportamiento colectivo, la tirijala criolla, la influyera la condición de país en tránsito permanente, país trampolín donde la vida la matiza la fugacidad. Una fugacidad que lleva a la acción rápida, al chiste para inmediatizar la bienvenida, el chiste que facilita el adiós.

Sí, entre otras cosas, Venezuela es una pasarela de capitales e inversiones, de enunciados de grandiosidad y espectacularidad. El venezolano, que odia o que ama esa realidad, la despacha con una risa poblada de intenciones y se sacude el odio o el amor con una afirmación sensata: *Este país es una vaina muy seria.*

Caracas accede a la vida metropolitana del ajoro y la pasantía rápida, el bullicio y la estridencia, la humanidad motorizada y el almuerzo tomado de prisa, por la vía de dos mundos sociales de reconocimiento inmediato y fácil. Uno, tradicional como la pobreza, de hilván pícaro, colorido y venteado como un bazar marroquí, se asienta en el barrio *El silencio*. El otro, tradicional como la burguesía, de una elegancia mimética y arribista como la clase que lo santigua, se asienta en la zona del Este o barrio *Chacaíto*. El resto de la ciudad, ciudad aposentada sobre un valle de cuya gratitud supieron los indios caracas, refiere su rutina a estos dos barómetros, estas dos conformidades.

El cantar de las rancheras, los boleros aguarachados, los joropos, los sones montunos, alguna copla llanera sazonada con guitarra, acompaña el paso por *El silencio*. Por cualquier arcada cubierta, en las aceras anchas, frente a la entrada de los cines donde hacen su agosto los temibles vengadores chinos del karate y el judo, los charros mexicanos que lloran por su Lupita, los vaqueros del oeste, las ninfómanas desenfrenadas y los sátiros viles, hay cientos de discos en oferta. Lo que revela la simpatía por unos artistas y la adhesión firme a los usos y costumbres que su música exalta: Daniel Santos, Felipe Pirela, Mirla Castellanos, Olga Guillot, José Luis Rodríguez, Marco Antonio Muñiz.

Más alta que la música grabada, sobre la estridencia de los celos y las infidelidades, rebota la música para los oídos del pregón quincallero y la música para los ojos de la ópera de compra y venta. Dentro de ese mundo indivisible, conviven las novelas de Vargas Vila y las novelas de Rómulo Gallegos, las hebillas para el pelo, las gafas de sol, los almanaques, las garrafas de helado de guanábanas, las bateas de arepas y hallacas, los limpiabotas, los latones estibados de lechozas y melones, los carteles anunciadores de corridas de toros con la estampa fiera del diestro César Girón, los números recientes de *Sexología*, los baratillos de zapatos de mujer, las oraciones espiritistas dirigidas al Indio Guaicaipuro, los cuatro tomos del *Comportamiento Sexual del Venezolano*, los retratos de Simón Bolívar, las velas de cera, los cuadernillos para escolares, los cientos de baratijas, los millares

de chucherías. ¡Una aventura colosal de algarabía y color chillón! Sobre todo, la conversación a gritos: que los peloteros criollos no van al campeonato en protesta por el trato mejor a los
extranjeros, que Marina Baura está pechugona. Sobre todo, la
conversación destemplada. Y una obsesión que implica a mayores y menores: ¿*Qué hora tiene*?

Por *Chacaíto* el cantar es otro. *Chacaíto* es un barrio de an-
dadura nocturna o vespertina. Los paseantes se permiten el aire
de una sofisticación que me recuerda la vistosidad de Milán a la
prima notte. El *Killing me softly* interpretado por Roberta Flack
volea la librería recoleta que atiende, exclusivamente, la deman-
da por la horoscopía y los *posters* de Santana y Burt Reynolds. En
una perfumería de selección parisina Liza Minelli desgrana una
balada. Docenas de *boutiques* declaran que el bermellón o el
naranja crepusculado *no van* este año. Los cines con películas
francesas —Truffaut, Chabrol, Nadine Trigtignant, los puestos
de revistas alemanas, italianas, las pastelerías finas y reputadas
de tales, las terrazas al aire libre para gozo de las brisas que bajan
del Monte Avila desfigurado por las neblinas, las conversaciones tachonadas con giros ingleses y franceses, dan cuenta de los
muchos países que aloja el país venezolano.

En las librerías caraqueñas, en las mesas libreras callejeras,
en un estanco cercano a cualquier plaza —Caracas es ciudad de
plazas: Plaza de Teresa de la Parra, Plaza de José Martí, Plaza de
Francisco de Miranda, Plaza de Andrés Bello, Plaza de Urdaneta,
Plaza de Simón Bolívar, Plaza de Capuchinos, Plaza de Madariaga,
Plaza de los Símbolos, Plaza de la Concordia, Plaza de Ibarra—
se destaca la novela última de Salvador Garmendia *Los pies de
barro*. A Garmendia se le anuncia como "el cónsul de la literatura venezolana en el *boom* de la narrativa latinoamericana".
Tanto como *País portátil* de Adriano González León, tanto como
Historias de la Calle Lincoln de Carlos Noguera, tanto como
Cuando quiero llorar no lloro de Miguel Otero Silva, *Los pies de
barro* examina la violencia política de la Venezuela contemporánea a través de un foco guerrillero urbano. Definitivamente,
la novela más ambiciosa del autor en cuanto a propósito, estruc-

tura y recurso, leal a su reiterada preferencia por unos personajes de flexión vital gris y las atmósferas de desamparo interior, magnífica en la escritura y lúcida en el recorte literario de unas vidas. Sin embargo, la novela extraordinaria de la literatura venezolana de los años recientes es *Cuando quiero llorar no lloro* de Miguel Otero Silva: fulgor idiomático, construcción de un universo delator de las miserias nacionales, riguroso fresco de las tres capas sociales que en Venezuela desviven.

Estos días el teatro venezolano apenas si se representa. El Nuevo Grupo, compañía teatral aplaudida en el país por ser sala de estrenos importantes y casa permanente de dos dramaturgos nacionales distinguidos, Isaac Chocrón y Román Chalbaud, descansa tras una temporada en la que se escenificaron las obras *Aquellos tiempos* de Harold Pinter, *El efecto de los rayos gamma* de Paul Zindel, *Alfabeto para analfabetos* de Isaac Chocrón. El interés de la puesta en escena lo comparten los espectáculos *Venezuela erótica* y *Caracas urgente*. El primero es un trabajo arrevistado que burla, satiriza y comenta la historia de Venezuela. Uno que otro momento gracioso y la disposición contestataria no salvan el espectáculo de la medianía. *Caracas urgente* es otro espectáculo musical matriculado en el lirismo poético de *Tu país está feliz*, que tan entusiasta acogida tuviera en Puerto Rico. El elenco, compuesto por dos actrices y tres actores, muestra un dominio del cuerpo y el espacio respetables. Lo que acredita la capacidad regidora de Levi Russel, quien además es el autor y el compositor.

Ambos espectáculos, como las novelas señaladas, como un fermento nacionalista constatado aquí y allá, responden a la intención de formular una cultura agresiva. Y al trámite vigoroso de hacer propia, personal, entrañable, esa *Venezuela suya* que proclama la Oficina de Turismo en el borde de las fotografías bellísimas de la Bahía de Canaima, del Salto del Angel, de Barquisimeto. En el cambio profundo del pronombre, del Venezuela suya al Venezuela nuestra, hay una empresa anunciada. Pues *Venezuela suya* implica donación o legado. *Venezuela nuestra* implica otra cosa. Implica rescate o reapropiación.

Nelson Mandela y el fin del siglo

A punto de terminar el siglo veinte empiezan a crepuscular varias de las miserias que lo han caracterizado. La persecución sistemática del pueblo semita. El poder monolítico de la camarilla que se catalogó a sí misma de adelantada, usurpó las hablas de la inmensa mayoría y se declaró enemiga de la pluralidad. La supremacía racial blanca.

Todos ganamos. Incluso ganan quienes ayer acudían a las argumentaciones increíbles en ánimo de defender lo que no admitía defensa y reputar lo que faltaba a la simple dignidad.

La justificación de las restricciones a que se han visto sometidas muchas sociedades de nuestros días ha malogrado inteligencias que merecían otras aventuras dialécticas fuera de la preconcepción y la servidumbre. Las lecturas de la realidad hechas por esas inteligencias las doblegaron la falta de criterio independiente, la negligencia espiritual y la obligación de quedar bien con los instalados en el poder.

La primera miseria parece en retirada. Aunque sobreviven formas benignas de exterminio como son el estereotipo, los chistes y las referencias a la supuesta avaricia y urgencia de bailar en la cresta de la ola que, los gustosos del prejuicio, achacan a los judíos.

Del súbito final de la superstición marxista, que secuestró la voz diversa e impuso la unifonía, se ha especulado bastante. Por eso unas mismas preguntas reaparecen con diferente envoltura.

¿Resultado inevitable del acallar la discrepancia y ufanar de una ideología sin quiebras o resultado del culto pervertido a los jefazos? ¿Reconquista por el pueblo del protagonismo? ¿Muerte de un discurso incorregible, gastado, inane? ¿O se anticuó, para siempre, el elitismo ideológico que George Orwell demolió, con alucinada sencillez, en su genial fábula?: *All animals are equals but some are more equals than others.*

Las preguntas se suceden pero las respuestas apenas se balbucean. Como es natural. La vertiginosidad de los acontecimientos recientes dificulta la mirada despaciosa que posibilita la respuesta nutrida por los matices. Además, parece sano que las preguntas desborden las posibilidades de las respuestas. Por siempre debe abolirse o transformarse la tiranía de los saberes hemipléjicos, la tiranía de las respuestas dadas con anterioridad a la formulación de las preguntas.

Los acontecimientos, sin embargo, pueden resumirse, fácilmente. El atropello de las voces únicas sucumbe ante la sana insurgencia de la pluralidad. La difícil esperanza empieza a concretarse en los aperturismos que posibilitan soñadores de pueblos como Havel, Walesa, Desmond Tutu y De Klerk. Y, también, en la herejía formidable de las palabras que contradicen y denuncian; palabras de Kundera y Joseph Brodsky, de Nadine Gordiner y Solzhenitsyn, de Maya Angelou y Toni Morrison, palabras de la escritura que opera sin complacencias, mesianismos y se sostiene en los límites de la exigencia y el rigor.

Más soñadores faltan, más visionarios comprometidos con la opinión múltiple, enfrentada. Faltan más impugnadores de la esclerosis prestigiosa. Faltan más frecuentadores de la duda creadora, la duda que encamina hacia otras dudas.

Sobran, por otro lado, quienes ocultan las insuficiencias personales tras el descrédito de la obra y la intención ajenas. Sobran los mezquinos y los rencillosos. Sobran quienes se asumen como compadres de las intolerancias.

El supremacismo racial blanco, en el trágico enclave africano, parece terminar. Fue, es, una aberración sin límites a la que las superpotencias no le han negado adhesión y defensa en nombre del llamado equilibrio geográfico de las ideologías. En nombre de la geopolítica, otra aberración, se lo explica y justifica con reprochable paciencia. Pero, todos los totalitarismos avergüenzan porque todos son desvergonzados.

De la pérdida moral y espiritual habida durante la práctica larga y vil del segregacionismo no podrán darse cifras nunca. De las vidas que vació tan increíble irrespetuosidad. De las vidas que arruinó el vivir para el desasosiego. De las vidas desperdiciadas en los marasmos del odio y el rencor. Tampoco podrá darse cuenta de los daños causados a todos los hombres y todas las mujeres de la tierra por la práctica del apartamiento racial.

Dije parece llegar a su fin el supremacismo racial blanco en el trágico enclave africano para expresar cierto recelo. Puesto que la derecha blanquista y ultramontana empieza a reagruparse y ensayar nuevas alianzas de presión, tranque y conservadurismo.

Ya vuelve a reclamar los disparatados privilegios a los que accedió por el *mérito* patético del color de la piel. Ya vuelve a empedrar el camino de la liberación negra con las peores intenciones. Ya vuelve a destacar, como exclusivas de la raza suya, unas capacidades intelectuales conducentes a la prosperidad, el ordenamiento gubernamental y el ordenamiento civil. Ya vuelve a desacreditar el carácter y la voluntad, la sensatez y el talento, de los veintiocho millones de negros que integran la inmensa mayoría de la República Surafricana. Ya vuelve a reclamar para los blancos la parte del león.

Por lo pronto debe encomiarse, sin reservas, la diligencia mostrada por el presidente De Klerk al iniciar el desmantelamiento del segregacionismo. Ha estado a la altura de la razón histórica y ha hecho historia al razonar. A diferencia de su antecesor Botha, quién proponía condiciones menos que desfachatadas a la hora de acordar, De Klerk ha ido al grano sin mayores dilaciones. De las medidas tomadas bajo su admirable responsabilidad dos tienen carácter excepcional. La legalización del Congreso Nacional. La liberación de Nelson Mandela.

La recién ganada legalidad del multitudinario Congreso Nacional Africano permitirá al legendario movimiento conversar, de inmediato, con las variadas formulaciones políticas de la minoría blanca. Decir *conversar* parece blando y hasta aguado cuando se piensa en el daño que el régimen surafricano ha causado a los ciudadanos negros. Pero, de conversar se trata. De replantear el lugar que, con franqueza exenta de revanchas, ocupará la mayoría negra en la nación surafricana. De acabar con el despropósito de inutilizar a los negros y favorecer a los blancos.

La liberación de Nelson Mandela ajusta la justicia. Y corrige la ley que lo encarcela, a perpetuidad, el mismo año que James Baldwin, otro abanderado de las palabras que resisten y denuncian, publica *La próxima vez el fuego*, implacable llamado a una ordenación racial que auspicie la igualdad, el respeto, la educación y otras formas afines de libertad para la población negra.

Sin embargo, no ocurre en el 1962 la primera experiencia carcelaria de Nelson Mandela. Las leyes represivas diseñadas por los gobiernos de los blancos para combatir los reclamos de los negros, dictaron contra Mandela estadías anteriores en la cárcel. Mas, en el año terrible del sesentidós, se añade a la condena el término *a perpetuidad:* término y condena que colapsan el domingo once de febrero del 1990 bajo la presión de los dramáticos levantamientos populares ocurridos en Johannessburgo y Pretoria, el creciente boicot comercial a Sur Africa, el ascenso al poder de unos dirigentes blancos menos obtusos y la elevación de Nelson Mandela a blasón universal de todos los perseguidos por motivos raciales, políticos, étnicos.

El sufrimiento de la cárcel, la persecución humilladora y sin tregua a su familia y a quienes se proclaman amigos suyos, la faena de inventarle mezquindades y pasiones bajunas para contrarrestar su proyección política fuera de las rejas, la adjudicación de intención malsana a sus testimonios transparentes, las crucifixiones a los sagrarios de su honor e intimidad, no desequilibran la enteridad de Nelson Mandela, paradigma de grandeza en la desolación. Contrariamente, reafirman su convencimiento de que los hermanos negros tienen el derecho, legitimado por su misma naturaleza humana, a un mundo libre, equitativo, mejor. Y que ese derecho, ese merecimiento, no puede cuestionarlo o proscribirlo, menos reescribirlo o restringirlo, fuerza alguna.

A punto de terminar el siglo veinte empiezan a crepuscular varias de las miserias que lo han caracterizado. Todos ganamos.

Incluso ganan los sumisos que dejaron de pensar cuando les pareció procedente que algún santurrón laico les hiciera el favor o algún imám locoide les hiciera la tarea.

Aún así, la promesa de las auroras, nebulosas ayer, frágiles hoy, no debe librar de la contención y la vigilancia. El capitalismo tornado en guerra cruenta contra cualquier economía de rostro altruista, la belleza moral que se adjudica el imperialismo norteamericano, el súbito resurgimiento de la estafa fascista, los desafíos del *born-again* nazi, la propagación de las religiones intolerantes que satanizan y persiguen al *infiel,* se perfilan como miserias debutantes o recicladas; miserias a refutar y desafiar antes que se consoliden como los últimos horrores sociales del milenio.

Escéptico, me sospecho que atacado por el desconsuelo, Anatole France culmina la parábola sobre lo poco y lo triste que acontece a los hombres durante sus vidas con un apotegma empavorecedor —*Los hombres nacen, sufren y mueren.* Los hombres y las mujeres, terciarían las feministas que reivindican la especificación. Apenas, pues, si hay momentos fáciles, momentos gratos, para ellos y para ellas, durante la única oportunidad sobre la tierra. Para que el sufrimiento, la dificultad y la ingratitud consignen algún sentido procede aprender siquiera una lección. Los últimos años del siglo veinte se revelan como tiempos ofertantes de lecciones. Las más provechosas, las más atrayentes, merecen estudiarse bajo los chorros de aquella *luz no usada,* pródiga en serenidades, que el gran poeta renacentista halla en la música. Esto es, en la imperecedera armonía que urge al cumplimiento de lo responsable y lo justo.

TERCERA PARTE

Paradas de inspección técnica

Madrid:
La importancia de llamarse
Luis Rafael Sánchez

Acaba de traducirse al francés su primera novela que en España se publicó hace ya algunos años.

—Sí. *La guaracha del Macho Camacho* ha hecho un largo recorrido y me ha proporcionado grandes alegrías. Me dice Severo Sarduy que la recepción de la crítica francesa ha sido estupenda. Antes había sido traducida al portugués. En Norteamérica tuvo bastante eco gracias a la magnífica versión inglesa de Gregory Rabassa. En España la publicó Argos Vergara cuando la editorial estaba en trance de muerte por lo que tuvo escasa difusión.

—¿Qué hizo usted durante los años transcurridos entre su primera novela y la aparición de *La importancia de llamarse Daniel Santos*?

—Tras la publicación de *La guaracha* viajé a Río de Janeiro bajo los auspicios de la Fundación Guggenheim. Allí escribí una novela breve, que permanece inédita, *Mister Lily nos invita a su congoja*. El verano del 83 lo pasé en el Woodrow Wilson Center for Scholars en Washington donde escribí un texto, sobre el humor zafio, titulado *Hacia una poética de lo soez*. El 1985 lo pasé en Berlín como invitado de la Academia de Artes y Ciencias. Durante ese año alucé el anecdotario, real y apócrifo, que daría cuerpo a *La importancia de llamarse Daniel Santos*. Además, estrené dos obras teatrales, *Parábola del andarín* y *Quíntuples*.

—También su primera novela se articulaba en torno a la música.

—La música popular propicia una biografía del continente hispanoamericano. Por eso he utilizado la guaracha como contrapunto de mi primera novela y el bolero como contrapunto de

La importancia. En esas músicas —guaracha, bolero, tango, ranchera, merengue— parece radicar el posible elemento de cohesión para nuestros países dispares y dispersos por sus respectivas aventuras históricas. Una bachata de Juan Luis Guerra integra, más visceralmente, el continente hispanoamericano que el discurso apocalíptico de cualquiera de nuestros césares de aserrín.

—¿Quién es Daniel Santos?

—Es el bolerista con letra mayúscula de nuestro continente. Afamado por putañero, bebedor de aguante y falocentrista. En fin, transgresor. Una personalidad ideal para fabular.

—Hay una expresión que reaparece, insistentemente, en su novela: "La América amarga, la América descalza…

—…la América en español". Exactamente. El libro propone una idea festiva de la vida. Pero, esa festividad no está exenta de drama sin que el libro sea, ni mucho menos, lamentoso. Es un libro lúdico, con un sustrato de amargura y desgarramiento; un libro que recorre las hablas y las muchas estratificaciones sociales del mundo americano con el bolero como retórica cómplice.

—Puerto Rico es un tema de reflexión constante en su obra. ¿Se puede hablar de tragedia nacional?

—No emplearía el término tragedia. Puerto Rico sigue afirmándose como nación del Caribe hispánico y el viejo empeño de asimilación ha fracasado. Las interferencias del inglés son las mismas que se padecen en cualquier lugar donde éste se tiene como modelo opresivo.

—¿Quiénes son sus escritores?

—De entre los españoles, el primero, Quevedo. Luego, dando un salto vertiginoso, Valle Inclán a quien descubrí muy temprano, antes que se pusiera de moda. De los contemporáneos, además de los citados antes de empezar a grabar, Umbral. La contundencia de las opiniones de Umbral nunca interrumpe el curso de un idioma de manejo prodigioso.

—¿Y entre los norteamericanos?

—Baldwin y Mailer aunque éste haya perdido garra al reducir su vida a un permanente espectáculo.

—Faltan los escritores de la América en español.

—García Márquez me gusta hasta la parcialidad. Me deleitan la inteligencia fulminante de Monsiváis y la ironía compasiva de Bryce Echenique. Aparto a Carlos Fuentes, verdadero paradigma de gran escritor y gran persona. De los de casa me interesan todos aunque las mujeres se hallan en el candelero actualmente—Rosario Ferré, Mayra Montero, Ana Lydia Vega, Magali García Ramis.

—¿Qué lugar ocupa Nueva York en su vida como escritor?

—Uno muy especial. ¡Nueva York Megápolis! Además de capital de Hispanoamérica. La ciudad impide el más mínimo aburrimiento. Y la oferta de cine está por encima de lo que la pupila puede digerir. Por otro lado me importa presenciar y ser parte del gran teatro de la violencia que allí representa.

—¿Cuáles son sus proyectos inmediatos?

—Ediciones Del Norte publica un libro que lleva por título *No llores por nosotros, Puerto Rico,* una reflexión sobre varios aspectos de la experiencia colonial puertorriqueña. Y querría terminar, para el otoño, mi tercera novela *Fragmentos de la eternidad con Marilyn.* ¿Tengo que decirle a cuál Marilyn me refiero?

Eduardo Lago
Diario 16
9 de mayo del 1992

Ciudad de México:
Redactar o escribir

Doce años después de la publicación de tu primera novela, *La guaracha del Macho Camacho*, el primer clásico callejero de la nueva literatura latinoamericana, aparece *La importancia de llamarse Daniel Santos*. Evidentemente, no eres de los novelistas que prodigan una novela por año, borrando con la mano derecha lo que escribieron con la izquierda. También es claro que tus plazos de escritura y maduración son propios. No en vano *La guaracha* se lee cada vez más y mejor. ¿Cómo es el proceso de tu escritura? ¿Un rodeo y regodeo? ¿Reescribes más que escribes? ¿Qué disciplinas y rigores te impone el placer de la escritura?

—Trabajo con mucha cautela y mucha tensión porque respeto la escritura con la misma intensidad con que desprecio su creciente transformación en grafomanía. El grafómano despilfarra las palabras, las desaprovecha, las abusa. El escritor, en cambio, las utiliza. Por eso reescribo más de lo que escribo y trato que mis salidas literarias sostengan propuestas de interés. No hay responsabilidad creadora alguna en el hecho de dejar la literatura tal como se la encontró. El proceso de mi escritura, por tanto, es laborioso y hasta incómodo. Incluye una primera etapa de gestación en que el título se convierte en una señal de tránsito.

Después hago apuntes que permiten la elaboración y que van a dar a una carpeta rotulada con el título del proyecto. Una vez que esa primera etapa se ha cumplido empiezo a buscar el tono de la voz narrativa o la voz dramática. El tono de *La importancia de llamarse Daniel Santos*, por ejemplo, parecía que se me escapaba durante la escritura inicial. Fue durante mi estancia en Berlín en 1985 cuando me pareció que el registro verbal y el tono coincidían.

—Me impresionó en *Daniel Santos* la viva interacción de lo oral y lo escrito. Evidentemente, el popular cantante es un paradigma de la voz, de su inmediatez y temporalidad y, al mismo tiempo, su recuento es un cuento recuperado por la escritura, una glosa digresiva, barroca. ¿Por qué la oralidad requiere de esta sobreescritura?

—La narrativa de la oralidad se dificulta puesto que la sostienen los simulacros del habla. El autor filtra los materiales, falsamente oídos, hasta que consigue lo que llamo la *veracidad auditiva*. Fíjate, Julio, que me refiero a la oralidad como recurso ficcional y no la oralidad documental que se luce en los textos estupendos de la Poniatowska y de Barnet. Esa oralidad ficcional centra la primera parte de *La importancia de llamarse Daniel Santos*: unas hablas polifónicas que proponen un viaje por entre los colores del idioma español de América. De ahí la necesidad de intentar una escritura que parezca haberse trasladado de la boca del personaje al papel.

—Para seguir con este tema central de tu identidad creativa, también me impresiona la fluidez que encuentras entre la letra (oral) del bolero y la oralidad (escrita) del modernismo finisecular latinoamericano. Nuestros amigos mexicanos José Emilio Pacheco y Carlos Monsiváis habían advertido que la poesía modernista culmina en Agustín Lara, pero seguramente no habían previsto que se desdoblara en Daniel Santos y adquiriera nuevo brío melódico en tu fabulación sobre el inquietísimo anacobero.

—El bolero se ampara en la cursilería nuestra de cada día, por un lado. Por el otro, en el empeño de una clase marginal en hacer suyo el lenguaje supuestamente noble y elevado de la burguesía. Tal vez por eso los boleros de Agustín Lara están llenos de referencias a la mujer alabastrina, a los ojos azules, a las manos de nieve y las demás metáforas que el modernismo convirtió en clisés o tópicos, en un lenguaje amanerado por excelencia. Los boleros que canta Daniel Santos, sobre todo los que compuso el maestro Pedro Flores, están más alejados de ese finisecular, están armados o urdidos con el lenguaje de ones escuetas: obsesión, ausencia, presencia, fatalidad. rendentemente, en ellos asoma la experiencia de la cár- la reprobación. Esa nota novedosa explicaría el que Da- antos haya ascendido como artista a los mejores salones después que la nostalgia lo transformó en mito. Antes era un cantante putañero y para un público putañero.

—Por cierto que la conversión del bolero en escenario dionisíaco con sátiros y bacantes es una metáfora de la sensualidad que articula la novela. Hace tiempo que Cortázar fustigó la pacatería del lenguaje español escrito, tan distante del habla erótica. ¿Crees que esa distancia se ha acortado ahora? ¿O todavía la sexualidad es representada a través de repertorios literarios?

—La sexualidad sigue siendo uno de los temas escabrosos de la literatura en lengua española, prodúzcase en la Península o en el continente hispanoamericano. Cuando se la autoriza se le coloca la etiqueta de *erótica*. Lo que le reduce el interés porque la advertencia pone en guardia al lector. Lo erótico no tiene por qué departamentalizarse.. Aislar el eros es una expresión sublime de pacatería moral o hasta bobería. El cuerpo hay que asumirlo como una totalidad. Como la catedral donde celebra la misa el placer.

—La figura de Daniel Santos, representada por las voces populares como irredimible don Juan, es también un emblema del machismo, y me sorprendería que alguien no se escandalizara con su conversión mítica. La novela, en efecto, critica este componente machista en el cantante, pero me gustaría saber cómo ves tú ese problema. Evidentemente, al revés de don Juan, Daniel Santos no haría inscribir en su tumba "Aquí yace el peor hombre que fue en la tierra".

—Sí es cierto que la figura de Daniel Santos se asocia con un donjuanismo de lumpenato. También que su mitificación parece irritar al feminismo más recalcitrante. Pero un mito no es, de manera alguna, un acontecimiento rigurosamente loable. El mito lo formula una memoria colectiva. En el caso de Daniel

Santos los aspectos chocantes y desagradables son parte de la constitución del mito. Estamos, pues, frente a un mito nada heroico, practicante de un machismo pavoroso en ocasiones pero que arrastra una legión de admiradores.

—En tu novela o fabulación, como prefieres llamarla, asistimos al espectáculo vivificante de una cultura popular latinoamericana procesando sus propios tiempos y ritmos, respondiendo y sobreviviendo con brío, rehaciendo su misma historicidad frente a los discursos del Estado y las autoridades de la letra. Aún en su misma pluralidad, y sin nivelar sus diferencias, esa cultura popular parece gozar de salud espléndida a pesar de la suma de crisis, desgobierno y neoconservadurismo padecida en estos años de desnacionalizaciones, deudas costosas y mayor violencia. ¿Es esta una visión optimista de tu libro o, en efecto, la sociedad latinoamericana posee estas latencias de rehacerse en su cultura?

—Creo que lo que tú llamas el espectáculo vivificante de una cultura popular latinoamericana caracteriza las sociedades caribeñas donde la disposición al gozo parece redimir, o hacer más llevadera, la miseria circundante. América Latina es un mar de hambre y desdicha, de precariedad de todo orden. Dentro de esa precariedad quiero incluir la política simplificadora de nuestras alternativas y el furor de los capos de la Ideología. No obstante, el pueblo se las arregla para sacar adelante una admirable pasión por los días, una rica disposición a animarse aunque sea mediante el son a secas.

—En algunos foros académicos has presentado tu tesis de una poética de lo soez. ¿Podrías resumirla aquí?

—Mi tesis sobre lo soez, elaborada a partir de mi procedencia y experiencias de adolescente, no es fácil reducir porque está llena de implicaciones sociales y artísticas. No obstante, te podría adelantar, que siempre he tenido lo soez como una provocación, que creo que lo soez halla su dinámica expresiva en un medio social determinado y en una circunstancia histórica particular. De Valle Inclán a Edward Albee, de *La lozana andaluza* a las novelas de Henry Miller, lo soez literario ha querido operar como demolición moral. Esa teoría me permite hacer un viaje hacia mi origen, mi país y mi clase.

—Volviendo a tu novela, ¿cuáles serían sus filiaciones narrativas menos proclamadas? La noción de una sexualidad barroca y a la vez impugnadora parece remitir a Sarduy, tanto a sus diálogos pintureros como a su estética del derroche sígnico. Mientras que la educación poco sentimental y urbana del asedio erótico evoca las memorias rapsódicas de Guillermo Cabrera Infante. Pero, dentro de la literatura de Puerto Rico, ¿cómo es ahora tu diálogo con René Marqués, Luis Palés Matos, Laguerre y con tus contemporáneos?

—Realmente, no sé cuáles son mis contemporáneos ni acabo de saber a qué generación literaria pertenezco. A lo mejor mi desconocimiento obedece a que no tolero la idea generacional como un gueto de gustos, bizqueras compartidas y antagonismos fabricados. Sí me identifico, plenamente, con los artistas empeñados en proponerle un rostro audaz a su trabajo. Los artistas que cultivan el *writing* y evitan el *typing* para volver sobre la distinción que estableció Truman Capote y que parafraseo así: *No es lo mismo redactar que escribir.*

—Entre la celebración y la crítica que tus novelas postulan y reafirman, ¿cómo vez hoy tu papel de escritor puertorriqueño asignado a dar forma a una voz generacional y nacional? ¿Es ser escritor un oficio celebrante y crítico? ¿Cómo resistes los estereotipos del éxito?

—La fama, el éxito, son accidentes inevitables en más de una ocasión. Otras veces son las respuestas ajenas a un trabajo que se percibe como maduro. La fama y el éxito aportan un peligro, paradójicamente. Y es que son dos tiranos que amenazan. Trato, pues, de ejercitar un equilibrio sano frente a los mismos. Hay un éxito supremo que nada tiene que ver con la recepción crítica a las obras ni la venta de las mismas. Y es el alcance de la paz vigilante con uno mismo, la satisfacción porque se anda haciendo lo que se quiere hacer con honestidad y entrega.

Julio Ortega
La jornada
21 de enero del 1990

Buenos Aires:

Confesiones de la Esfinge

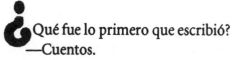¿Qué fue lo primero que escribió?

—Cuentos.

¿Recuerda cuáles fueron sus motivos?

—La maestra de español del primer año universitario me prometió una A si participaba en un certamen de la Facultad y resultaba premiado.

¿Quién fue su primer lector?

—Esa maestra, doña Patria Dueño, ya difunta.

¿Cuáles comentarios recibió sobre esos textos?

—Que prometía.

¿Qué estaba leyendo en ese momento?

—Lo que todo el mundo leía en Puerto Rico por aquel entonces: Sartre y Camus. Específicamente, *La infancia del jefe* y *El exilio y el reino*.

¿Cómo accedió a sus primeras lecturas?

—A través de la biblioteca Roig en mi ciudad natal, Humacao. En aquella biblioteca descubrí a quién sería uno de mis escritores favoritos de siempre, Benito Pérez Galdós.

¿En qué idiomas lee?

—En español e inglés.

¿Qué autores tuvieron más importancia en su formación?

—Durante la etapa de aprendizaje y tanteo la tuvo García Lorca quien fue el sarampión de una generación de poetas y dramaturgos puertorriqueños. Además, Valle Inclán y Cela, el Capote del *Arpa de pasto*. Y René Marqués y Emilio Belaval entre los puertorriqueños.

¿Cuál es su poeta favorito?

—Kavafis, Palés, Gonzalo Rojas.

¿Cuáles son sus personajes de ficción favoritos?

—Dos, Don Quijote de la Mancha y Alonso Quijano.

¿Cuál frase de la literatura cita con más frecuencia?

—Una de Kafka: *Nos echaron del paraíso pero el paraíso no fue destruido.*

¿Cuáles son los rasgos definitorios de su estilo?

—No lo sé.

¿Cuál de sus libros prefiere?

—El que aún no he escrito.

¿Qué efecto le producen las críticas sobre su obra?

—Me dan vergüenza cuando son demasiado elogiosas. Cuando son demoledoras casi acabo por darle la razón al crítico.

¿Qué condición necesita para escribir?

—Ninguna en particular. Puedo escribir en cualquier sitio, incluso en sitios incómodos como la habitación de un hotel. Sueño con desplazarme hasta la Antártica en un carguero y escribir una novela corta en el espacio reducidísimo del camarote.

¿Cuáles son las etapas de su trabajo hasta llegar al texto definitivo?

—Escribo una primera versión a lápiz. Después, hago un segundo borrador. Luego pasa a máquina ese segundo borrador mi secretaria de siempre, Sofía Ortiz Tirado. A ese borrador mecanografiado le aplico toda mi neurosis de corrección. Le quito la grasa, tacho el adjetivo que está de más, cambio la preposición que equivoca el sentido. Es decir, lo peino como llama Buero Vallejo el aligeramiento del texto. Entonces, lo leo en voz alta pues me importan la cadencia de las palabras y la cadencia de los silencios. En la obra teatral, sobre todo, hay silencios de una elocuencia suprema. Finalmente, mi secretaria vuelve a mecanografiar el borrador. Lo que no garantiza que he terminado de revisarlo.

¿Qué libro le gustaría haber escrito?

—Una carta de James Baldwin dirigida a su sobrino y titulado *Letter from a region in my mind.* En ella Baldwin le explica al sobrino lo que supone ser negro en los Estados Unidos de

Norteamérica. Tienen esas páginas un desgarramiento y una intensidad insuperables.

¿En cuál país querría vivir?

—No me interesa vivir en otro que Puerto Rico.

¿En qué época hubiera elegido vivir?

—Me parece una tontería planteárselo. Estoy peleado con esta época pero es la mía.

¿Cuál es la reforma que más estima?

—La del cuerpo. Acaricio la posibilidad de ser más bello cada día.

¿Tiene o tuvo alguna militancia política?

—No, lo digo franca y felizmente. El escritor del *Partido* acaba como inquisidor, como perseguidor. Hasta como perro rabioso. Alguno se apasiona tanto con la gestión inquisitorial que reduce el trabajo creador al mínimo y se dedica, *full-time*, a desacreditar, obstaculizar y renegar. La afirmación de lo puertorriqueño la asumo como militancia, eso sí. Quiero ver el país transformado en una república ejemplar, una república de democracia templada, dirigida por un liderato sensato y con sentido de proporción.

¿Tiene algún fanatismo?

—Sí, el amor bien hecho, el amor que tiene la imaginación por aliada.

¿Cuál es su cuadro favorito?

—Más de uno. Del colombiano Fernando Botero *El transformista*. Del inglés Frederik Leighton *Flaming June*. De los puertorriqueños Myrna Báez y Carlos Raquel Rivera, Pancho Rodón y Luis Hernández Cruz, cuanto lienzo enriquece la poesía de sus pinceles.

¿Cuál es su olor favorito?

—Cualquiera menos el de la guayaba.

¿Cuál es su comida favorita?

—Las propias del desayuno pues es el momento de comer que me complace más. Cereales, frutas, jugos, *pancakes*, huevos revueltos con queso o vegetales. Para las otras comidas el salmón, la berenjena, cualquier ensalada.

¿Bebida favorita?

—El ron.

¿Tiene algún vicio?

—Uno impublicable.

¿Cuál es su nombre favorito?

—Javier… Amaury… Omar… Melisa… Paola… Sylvia.

¿Qué materias eran sus puntos débiles durante la secundaria?

—Las matemáticas y las ciencias exactas en general.

¿Hay alguna ciencia que le interese, particularmente?

—La que estudia los sueños.

¿Cuál es su música favorita?

—Soy muy ecléctico. Me agradan desde el bolero —me considero un feligrés de esa religión— hasta la música más elaborada. Me mejoran los días Mahler y Brahms.

¿Convive con animales?

—No, los detesto. Sobre todo a los gatos. Me sé gatófobo.

¿Cuál película vio varias veces?

—*Amarcord* de Fellini.

¿Qué medios de prensa lee?

—El *New York Times* los viernes y los domingos. Regularmente *El Nuevo Día*, el *San Juan Star*, *El Mundo* y los otros periódicos de casa. Estoy suscrito a dos periódicos españoles, *ABC* y *El País*. Soy, además, lector voraz de revistas especializadas en viajes, cinematografía y destreza física —levantamiento de pesas, mejoramiento corporal, gimnasia, etcétera.

¿De qué vive?

—De enseñar literatura, desgraciadamente.

¿Cuál es su relación con el dinero?

—Me gasto todo lo que gano con la gente que aprecio o quiero. ¿Merece otro destino el dinero?

¿Cómo imagina su momento perfecto?

—Lo asocio con una playa puertorriqueña en un día de semana, preferentemente el martes. Una playa lejos de la *madding crowd*. Las playas del Caribe son de una enorme volubilidad. En ello consiste parte de su sortilegio. Aunque viví en Río de Janeiro y confieso que tanto Copacabana como Ipanema como

Botafuogo son verdaderos edenes, no obstante la multitud que a ellas concurre.

¿Qué día de su vida recuerda más especialmente?

—El 26 de febrero de 1958.

¿Qué le produce más vergüenza?

—El ridículo o su mera posibilidad.

¿A qué le teme más?

—A morir en circunstancias trágicas. Un avión que se estrella, ahogamiento en el mar, aplastado por un edificio durante un temblor de tierra.

¿De qué se arrepiente?

—De nada. A lo hecho pecho.

¿A quién desprecia?

—A quien no da la cara. El anonimista. Al reprimido que no está al día con sus pasiones. A quien vive para el chisme.

¿Qué detesta por encima de todo?

—La hipocresía.

¿Cuál sería su mayor desdicha?

—Sufrir una amputación que me inutilice, que me obligue a radicar en una cama.

¿Cuál es el principal rasgo de su carácter?

—Me gustaría que fuera la generosidad.

¿Cuántas horas duerme?

—Pocas, cuatro o cinco bien dormidas.

¿Cómo le gustaría morir?

—Mientras duermo.

¿Cuál es su divisa?

—Una de mi propia invención. "Trabaja y corrige, corrige y trabaja, que algo queda".

Guillermo Saavedra
Revista *Babel*
Mayo del 1988

San Juan:

Los motivos del lobo

La espera ha terminado. Por fin aparece el nuevo libro de Luis Rafael Sánchez y uno escucha, o cree escuchar, un angélico escándalo de trompetas —la lira es muy discreta para el caso— y un retumbón brutal de congas terrenales. *La importancia de llamarse Daniel Santos* se publica, simultáneamente, en México y Estados Unidos. La edición mexicana es de la Editorial Diana y la norteamericana de Ediciones del Norte. Hacia el mes de diciembre lo publicará también La Oveja Negra de Colombia y una editorial española.

—¿Qué significa para Luis Rafael Sánchez la participación de cuatro editoriales en el proyecto?

—Que el libro llega a todos los públicos de lengua española. Una exposición así me interesa no sólo por lo que me atañe sino porque la literatura puertorriqueña debe saber medir su vigor y acierto frente al vigor y acierto de las literaturas del resto del mundo. Pienso que la literatura puertorriqueña puede operar como muro de contención a la insoportable vulgaridad del asimilismo, como bofetón en la cara de los charlatanes que se atreven decir que aquí no se cultiva la solidez artística, que no hay un trabajo creador nuestro que merezca señalarse.

—¿Cuál es la naturaleza del texto?

—Una narración sobre la conducta social en la América descalza, la América amarga, la América en español. La misma toma como motivo recurrente el entusiasmo que despierta un cantante, Daniel Santos. Y las posibles explicaciones a tal entusiasmo.

—El género del texto ha sido motivo de especulaciones. Unos afirman que es una novela, mientras que otros dicen que se trata de un ensayo. ¿Cómo lo calificas tú?

—Bueno, la realidad es que es un género híbrido, con características del cuento y del ensayo, el documento apócrifo y la novela. Pertenece a un género que llamo fabulación.

—Entonces cabe preguntarse a qué obedece esa hibridez, ese mestizaje del género.

—Pienso que si el escritor se libra de la servidumbre esclavizante a los géneros enfrenta una aventura mayor. No me interesa la literatura que se repite, que se vuelve fórmula. Menos la que se convierte en una fórmula exitosa. El éxito tiene mil peligros. Pero ninguno como la repetición, la vuelta a lo mismo. Si no hay audacia, experimentación, si no hay maroma sin redes, si no hay riesgo, ¿para qué escribir?

—Mucha gente se pregunta, también, si esa "fabulación" se desarrolla sobre un territorio, geográficamente, reconocible.

—En realidad se desarrolla en los billares y las cervecerías de Puerto Rico y Venezuela, en los grilles de Cali, en las cebicherías de Lima, en las cantinas de Ciudad de México. Y en una que otra sala de La Habana, en una cárcel de Guayaquil, en un club de diversión en Humacao, en una terraza dominicana.

—Ya, un auténtico periplo de rumba, sandunga y perdición.

—Sé que la explicación es incompleta, precaria. Pero es imposible explicar obra alguna sin sacrificarla un poco. ¿Puede explicarse *El amante* de Marguerite Duras? ¿Puede explicarse la novela de Sergio Ramírez *Castigo divino*? Toda explicación reduce y simplifica. ¿Puede explicarse un beso, una caricia?

—Se ha especulado también, se especula todavía, acerca de tu relación con Daniel Santos. ¿Es un pretexto para tu libro? ¿Mantienes con él unos vínculos de amistad concretos?

—Es un pretexto, en cierto modo. La resonancia de Daniel Santos, un artista admirado que arrastra la fama de maldito seductor, de barriobajero por excelencia, me permite reflexionar sobre el continente que lo produce. El protagonista verdadero del libro es el público de Daniel Santos que lo oye cantar con una patente admiración. En cuanto a la relación que he tenido con él debo decir que lo conocí, pasajeramente, en el Centro de

Bellas Artes, hace dos o tres años. A la persona de carne y hueso quiero decir. El mito de Daniel Santos es parte de la educación sentimental de mi clase, una educación obtenida por la vía de la vellonera, del bailecito en la marquesina, de los bares visitados los viernes por la noche. De Daniel Santos me interesa, verdaderamente, *el rumor de la persona*. Lo que los demás dicen de él, lo que los demás piensan de él.

—Me pregunto si estás orgulloso del producto final. ¿De qué manera puede compararse este trabajo con *La guaracha del Macho Camacho* y *Quíntuples*?

—Estoy satisfecho. Lo que no es habitual ni se corresponde con mi neurosis de perfección. Comparar es difícil e injusto. Cada propuesta artística tiene un interés singular. Digamos que *La importancia de llamarse Daniel Santos* también es un texto de ruptura. Y ahí terminan los parecidos con *Quíntuples* y *La guaracha del Macho Camacho*. Se trata de un texto que amplía, a conciencia, el territorio literario. Cada día que pasa la vida me parece más irreal, más disparatada. Me gusta abordar esa irrealidad, ese disparate.

—Ultimamente, sales con frecuencia de Puerto Rico. Ahora mismo trabajas como profesor visitante en la Universidad de la Ciudad de Nueva York, específicamente en el City College. ¿Cómo ves a Puerto Rico desde esa lejanía?

—Puerto Rico es un país estupendo, ágil. Los defectos no se los escondo pero tampoco se los destaco. Me gusta mi gente puertorriqueña. Me gusta nuestra pasión por la vida. A algunos los vence el morbo de gritar que en Puerto Rico no puede adelantarse tarea profunda alguna. Es una rebaja gratuita, derrotista. Sirve a los vagos, a los pusilánimes, a los que se regodean en las disculpas, a los inadaptados y los arrogantes. Puerto Rico padece la miseria de los espacios sobrepoblados y de las colonias que no quieren dejar de serlo. Padece, igualmente, la obsesión de fiestar por encima de todo. Mas ninguno de esos padecimientos le resta atractivo, sugerencia, posibilidad. Por otro lado, la lejanía confirma algunas intuiciones que abultan mi equipaje espiritual. La primera es que parecemos gozar, malignamente, con el desprecio a lo propio. La segunda es que la queja por todo se ha convertido en un síndrome entre nosotros. La tercera es que el país puertorriqueño es uno chulísimo a pesar de los pesares.

—Será acaso por esa lejanía reiterada, es decir, por lo mucho que viajas, que los demás te han rodeado de una cierta fama de inaccesible...

—Inaccesible, huidizo, divo, sé de la fama. Es parte del *rumor de la persona*. Sin embargo, es muchísimo más simple. Y aunque tu pregunta me obliga a caer en la trampa de las explicaciones, mírame caer. Primeramente, algunas sorprendentes deslealtades, algunos golpes bajos, me han vuelto cauto, desconfiado. Y como es natural, me han obligado a poner en funciones el *shit detector*. En segundo lugar, yo celebro y admiro al escritor que paga el tributo del sudor y la lágrima pero desprecio las parroquias literarias y sus misas semanales de intriga y resentimiento. Trabajo los siete días de la semana. Trabajo a contratiempo. Entonces, ¿por qué traicionarme haciendo lo que no quiero? Y lo que no quiero es frecuentar lo que atrasa, socializar con la inutilidad.

—Por último, ¿en qué dirías tú que consiste la importancia de llamarse Luis Rafael Sánchez?

—Si alguna hay le corresponde a los otros señalarla. La verdad es que no vivo para importar. Vivo, eso sí, para satisfacer todas mis hambres. No soy animal de camada ni de rebaño. Soy, en todo caso, un lobo solitario que busca cada día el alimento y el amable tejido de la magia. Pero, un lobo bueno, un lobo manso que cultiva, sin pudores, rosas blancas.

Mayra Montero
El Mundo
30 de octubre del 1988

El lenguaje como juego malabar

El éxito de venta y la acogida crítica —no sólo en español sino también en inglés y en portugués— de *La guaracha del Macho Camacho* confirma que la obra sigue una tradición y a la vez anuncia una ruptura. ¿Cómo crees que tu novela viola la literatura nacional de la que nace a la misma vez que se inserta en ella?

—Toda literatura es una peleada suma de veces y de voces, consumidas y consumadas, con el propósito de continuar el acuerdo o continuar el desacuerdo. La tradición en que parece insertarse *La guaracha del Macho Camacho* proclama que la literatura es el retrato del rostro inmediato, del rostro nacional. Y la ruptura se explica por el rechazo de la prosa con que, insistentemente, se concibe dicho retrato; prosa de gesto pomposo y hueco que mejor cabría en las muelas de las declamadoras, las municipales y espesas claro.

—El contenido central de *La guaracha del Macho Camacho* y no sus capas de intertextualidad se impone como límite un mundo particular, insular, puertorriqueñísimo. Pero, a la vez, la obra por su forma, alude a un contexto antillano más amplio; a Palés, a Lezama, a Sarduy. ¿Cuál es tu reacción a tal aseveración?

—Palés, Lezama, Sarduy y también Cabrera Infante. Por un lado tenemos la permanente reserva de un humor, más o menos parecido, que vincula las Antillas o más exactamente el Caribe; humor que le rinde tributos semejantes a la risa y al llanto. Por el otro tenemos el acontecimiento de que el Caribe es, previo a geografía, un son expandido donde suenan hasta los deseos y los recatos. El arrojo sensual y la vida vivida con alarmante desparpajo son actitudes y actividades características caribeñas que patrocinan los más ruidosos y curiosos parentescos. Lo antillano y lo caribeño integran una unidad de ser, patente y reconocible a pesar de las distancias de geografía, idioma, historia. Hay todavía algo más. La cultura, la sensibilidad, la inteligencia que en las Antillas se producen oscilan, permanentemente, entre lo sagrado y lo obsceno, entre lo erudito y lo plebeyo, entre la exquisitez y la cafrería, entre el entusiasmo por los paralelismos conceptuales que habitan la obra de Sor Juana y el entusiasmo por las majestades líricas de un bolerito como *Esperanza inútil*, entre la reverencia a los esteticismos del Visconti de *Muerte en Venecia* y la reverencia a la falta de talento histriónico de María Félix. La acumulación de valores opuestos y hasta de valores que se niegan, unos frente a otros, es otra puerta de acceso al llamado neobarroco antillano que desaparece y vuelve a aparecer en nuestra literatura y entendimiento de la realidad.

—*La guaracha del Macho Camacho* se nutre de una sensibilidad que parece fluctuar entre el *camp* y el *kitsch*. Por momentos pensamos en la estética de Manuel Puig, pero, a la vez, obligas al lector a recordar a John Waters y sus películas con Divine. ¿Cómo conjugas esas sensibilidades estéticas tan amplias y difundidas con la ambientación y la tradición, concretísimas, que enmarcan tu novela?

—Lo de Manuel Puig me resulta un exceso pero como lo admiro y lo estimo y he compartido con él en San Juan y en Caracas y en Berlín y lo he amenazado con regresar a Río de Janeiro para que Nélida Piñón y él me agasajen y me mimen, pues no me fastidia nada que me endilgues tal filiación. En todo caso sería el primer Puig, el Puig de la apoteosis de la cursilería, de la cursilería con doble fondo, la cursilería tras cuya aparente benignidad se registra una denuncia de la clase media estúpida y mimética que modifica la historia en Buenos Aires y San Juan, en Ciudad de México y Caracas, el Puig de *Boquitas pintadas* —la novela, pues la película no consiguió proponer el necesario tono adorablemente cursi y paródico. En cuanto a Divine y John Waters, no sé. Disfruto, desde luego, de su vulgaridad y de su militancia dentro del mal gusto; disfruto de la Divine hiperestesiada a perpetuidad.

De cualquier manera lo que importa, a propósito de tu pregunta, es confirmar que ciertas formas de subdesarrollo —político, artístico, moral y hasta de la personalidad individual— crean y autorizan unas situaciones y unos productos inevitablemente charros, chabacanos. Que, curiosamente, con el paso de los años, adquieren una precisa y preciosa identidad. Una película de Juan Orol, por ejemplo, o la criminal belleza de las flores plásticas o los Cristos del corazón encendido con una bombilla son ya bienes comunes de nuestro continente.

—Ya hemos aludido al neobarroco antillano. Me aventuro ahora a traer otro término a nuestro diálogo: *manierismo*. En algún lugar he dicho que *La guaracha del Macho Camacho* es obra manierista porque imita hablas y jergas; pero ese hablar, a la manera de alguien, tiene su centro en el narrador y no en el autor. Curiosamente no ha llamado la atención de la crítica porque ha quedado deslumbrada frente a los personajes. ¿Cómo concibes la relación entre narrador y personaje en *La guaracha del Macho Camacho*?

—El narrador no es sólo narrador. Es también personaje parapetado tras el hecho narrativo e inmerso en las diversas peripecias de la novela. Como narrador impone y gobierna el ritmo de la prosa y establece la distancia crítica. Como personaje se apropia de los niveles distintos de oralidad en los que transcurre la novela y los revierte a su narración.

—Sé que el éxito editorial de *La guaracha* niega validez a la pregunta siguiente pero, aventurado, ahora me dirijo al autor en un plano más personal. ¿No crees que el localismo de tu obra limita su posible público?

—No. El localismo no es otra cosa que una infeliz categoría para rotular, discriminadamente, la expresividad irreprimible con que todo país colorea y maneja su cotidianidad. Y digo infeliz porque el localismo, como tal, no restringe el entendimiento y el aprecio y el gozo de un texto. *Rayuela* es localista, *Si te dicen que caí* es localista. Ambos ejemplos, desde luego, facilitan el recurso de la habla local mediante la entrega al lector de un juego de llaves, de unas referencias esclarecedoras que portan los mismos textos. Fracasa o reduce su ámbito lector el localismo que no propicia las equivalencias correspondientes a otras sensibilidades o a otras hablas. He querido que mi obra acoja la mutiplicidad del español puertorriqueño —el culto, el popular o castizo y el roto o barbarizado por la influencia del inglés. Y en la misma obra hay unas hendijas que permiten que el lector, ajeno a ciertos barullos o atropellos expresivos, filtre las necesarias equivalencias.

—En tu libro más reciente, el extenso estudio sobre la cuentística de Emilio S. Belaval, autor tan injustamente olvidado por la crítica y los lectores, hablas de las raíces valleinclanescas de éste. Me parece hallar en tu narrativa y tu teatro esas mismas raíces. ¿Las admites?

—Con entusiasmo y con cariño. Valle Inclán es uno de esos escritores por los cuales la admiración no recesa y a los que se puede volver en la confianza de que la magia y la audacia creadora permanecen. Respeto la estridencia intrínseca de su obra y la terquedad con que mantuvo viva su vocación y su independencia artísticas.

—A la vez que escribías *La guaracha del Macho Camacho* publicaste una serie de artículos titulada *Escrito en puertorriqueño*. ¿Te interesa seguir cultivando el ensayo?

—Terminé de corregir y fijar hace unos meses un libro titulado *La importancia de llamarse Daniel Santos*. El mismo es una reflexión narrativa, con expreso ritmo de bolero tropical, del legendario cantante popular y del público particularísimo que lo idolatra —público putañero y bohemio; público marginado y nocherniego; público, en fin, que compone un retrato significativo de un amplio sector hispanoamericano. Y leí en las universidades norteamericanas Cornell y Harvard el trabajo *Hacia una poética de lo soez* cuyos contenidos se adelantan en el título. Esa vuelta a la reflexión ensayística tendrá que ver, a lo mejor, con la permanente obsesión puertorriqueña de explicarse y recortar sus perfiles y manías nacionales. Que, distanciadamente, se malentienden por nuestra relación con los Estados Unidos de Norteamérica.

—La mayor parte de tus trabajos abunda, directamente, en la situación político-social puertorriqueña; meditaciones sobre el artista en medios como el nuestro e interpretaciones artísticas, hasta feroces, sobre nuestra dependencia colonial. Ahora que has roto con la barrera del insularismo y que tu nombre ha consolidado un enorme prestigio, ¿cuál es tu posición frente al destino de nuestro país?

—La que tú y todos conocen. Insisto en la necesidad de efectuar el proyecto de la república puertorriqueña. Rechazo la aberración moral e histórica de la anexión. Querría, no obstante, que el proyecto de nuestra independencia se concibiera a partir de nuestro indudable carácter nacional y nuestra manera de confrontar la realidad. No soy yankista, no soy sovietista. Soy puertorriqueño y eso me basta. Y, como si fuera poco, soy antillano. Y, como si ser antillano fuera poco, soy latinoamericano. Y ya no hablemos más. Que el trabajo reposa hace rato y no hay derecho.

Efraín Barradas
Revista *Quimera*
Enero del 1985

CUARTA PARTE
Envíos postales

Los lujos
de la memoria

Abelardo Díaz Alfaro se nos muere. Lo matan los años y los males. Quién sabe si lo mata, también, una procesión de molestias íntimas. Quién sabe si lo mata, también, un acopio de públicas insatisfacciones. Y no dudo que este país que mucho, muchísimo, le duele.

Pero la muerte de un escritor, triste y solitaria y final como todas las muertes, la consuela la página que lo sobrevive. La página que, día a día, hace la obra. Que la gran literatura se gesta en la tribulación y la amadrina la paciencia.

Flaubert, moroso en la destilación de las páginas supremas de *Madame Bovary*, dice que los libros son como las murallas. Que se construyen con los cuidados y las lentitudes capaces de hacer justicia a cada piedra.

Las piedras son como las palabras y la concordia de todas hace la muralla. Reducidas a golpe, integrantes del conjunto, expulsadas de un tramo porque sobresalen, situadas con esfuerzo donde parecían caber a la primera oportunidad. Las palabras son como las piedras y la concordia de todas hace la página.

Una página literaria excelente, de cálculo limpio y acabado loable, puede hallar habitación en el espacio reducido de una mitad de página.

Baste recordar que las tres o cuatro últimas oraciones de *Cien años de soledad* constituyen la congregación perfecta del decir formidable de Gabriel García Márquez, un ejemplo de la página literaria excelente, de la página inmejorable. Allí se citan la trágica ineptitud humana, las socarronerías del destino, la narración asumida como un juego de progresivas revelaciones. Allí se produce la recapitulación estilística de la obra completa del autor.

Una página literaria excelente, escrita y sentida con intensidades, puede conseguirla el arribaje a una de esas cumbres de certezas que obligan apartar el poema, respirar hondo, regodearse en la admiración y saludar la inteligencia.

Baste recordar que el fragmento del *Llamado* que declama *Oh soledad que a fuerza de andar sola, Se siente de sí misma compañera* constituye una de las iluminaciones prodigiosas de Luis Palés Matos, un ejemplo de la página literaria excelente, inobjetable. Allí se citan las penas del abandono, la orfandad radical de la vida, la transigencia amarga con la compañía de la soledad. Allí se recapitula la infelicidad sustantiva de los amores tardíos, los contratiempos que confrontan los amores a destiempo.

¿A cuál página excelente e inobjetable hay que pedir consuelo porque Abelardo Díaz Alfaro se nos muere? ¿Cuál texto imposibilita que su nombre se deslice hacia la noche del olvido? ¿Cuál de sus cuentos soberbios, económicos como sonetos, forjados con la paciencia cotidiana del orfebre, aumenta el haber de los nuevos lectores? ¿Propiciará el consuelo una chispeante jibarada de Teyo Gracia? ¿O se preferirá examinar la huella política que traza Peyo Mercé el inconforme?

Las mudanzas del gusto llevan a desconfiar de las profecías literarias. Cada generación impone su sensibilidad a la vez que jubila las anteriores sensibilidades. Cada generación parcializa los abrazos. Cada generación lee de manera distinta y de manera distinta evalúa lo que lee. Cada generación cuestiona las ordenaciones del pasado con responsabilidad o a machetazos, con sensatez o a trochemoche.

Por otro lado, más de una escritura promisoria palidece con el paso de los días. Más de un escritor, pomposo y alegre cuando surge, se transmuta a continuación en lástima vana. Sí, desconfío de las profecías literarias, las temo, he visto colapsar un par de ellas. Pero me arriesgo a formular una.

A casi cincuenta años de aparición los cuentos de Abelardo Díaz Alfaro triunfan sobre la adversidad del tiempo porque modelan un enunciar y un frasear recios, sobrados de *verdades eternales*. Además, porque viajan al fondo de lo puertorriqueño que sobrevive a pesar del derrumbe.

Me refiero, claro está, a los cuentos de *Terrazo*, libro rociado con las candencias del paisaje nuestro, libro que redefine la hosquedad del jíbaro. Tal hosquedad se expresa en el recelo y el distanciamiento habituales del jíbaro frente a los aires citadinos, los aires de fuera del entorno. Tal hosquedad inspira a Díaz Alfaro uno de sus cuentos célebres, *El josco*.

Merecidamente celebrado, justicieramente traducido a una docena de idiomas, escrito con la maestría que no se discute, el cuento *El josco* finaliza con una página de cálculo limpio y acabado loable, aquella que narra el encuentro del toro muerto por el Jincho, el peón que lo quería y lo entendía. Los elementos obligados de la narración se aprovechan en esa media página, los valores que exalta el género del cuento se dosifican con maña de la buena. El tono íntimo que transmite los apagones de la tristeza. El entrecortamiento verbal que se sustrae al sentimentalismo. La eficacia de una apuntación paisajística nada tumultuosa. La concentración dramática. Sí, *El josco* aumenta el haber de los nuevos lectores puesto que los relaciona con un escritor principalísimo que desanda la rabiosa complejidad de lo inmediato, lo municipal y hasta lo espeso.

Un cuento posterior a los que están por cumplir el medio siglo, el titulado *Los perros*, señala el momento supremo en la inventiva del autor. E impide, concurrentemente, que el nombre de Abelardo Díaz Alfaro se deslice hacia la noche del olvido. Se trata de una alegoría motivada por un caballo, unos perros y una cumbre. El caballo, nombrado el Rucio, sobreponiéndose a la fatiga, la vejez y el acoso satánico de los perros, alcanza la cumbre con que soñaba como lugar de descanso y muerte.

Este argumento, que resultaría menor e inofensivo en manos ligeras o manos secas, sirve al autor para crear una bellísima y lacerada elegía a la voluntad. El arribaje del Rucio a la cumbre del cerro Farallón se narra con tanta poética vehemencia que el lector ha de respirar hondo antes de saludar la inteligencia y regodearse en la admiración.

Abelardo Díaz Alfaro se nos muere. Lo matan los males y los años. Quién sabe si lo mata, también, una procesión de molestias íntimas. Quién sabe si lo mata, también, un acopio de públicas insatisfacciones. Y no dudo que este país que mucho, muchísimo, le duele.

Pero, la fatalidad de la muerte de un escritor la consuela la página que lo sobrevive, la página sin objeción. A Abelardo Díaz Alfaro lo sobreviven muchas páginas inobjetables. Cada lector actual o por venir ensayará la antología personal.

Yo reincido en lo dicho y aparto, como óptimas, las páginas con pleitos de animales. Arriesgadas, desvergonzadamente líricas, forjadas con la paciencia cotidiana del orfebre, ya son consuelo para cuando Abelardo Díaz Alfaro se nos vaya. Son dichas páginas, además, propiedad de mi emoción. Pero, sobre todo, esas páginas aprovechadas de Abelardo Díaz Alfaro son lujo permanente en mi memoria.

Los festejos del poeta

1

El otro Guillén, el Negro, el Nicolás, abastece su poesía con unas subrepciones llamativas: el pomar y la viña, el clavel de madrugada y el boniato pastoso, los dos abuelos y las implicaciones del apellido. Como la poesía guilleniana ahonda en las raíces de la americanía negra el apellido conduce hasta el regazo de Abuela Africa:

> *¿No tengo acaso un abuelo nocturno*
> *con una gran marca negra?*
> *¿No tengo, pues, un abuelo mandinga,*
> *congo, dahomeyano?*

Sí, Nicolás Guillén construye la poesía con la cotidianidad inapreciada y desapercibida hasta el momento anterior a la iluminación. Pues la buena poesía acontece cuando se abrazan la belleza y la sabiduría en el solar de la palabra. Entonces, las admiraciones de la una y las luces de la otra traspasan los versos con las noticias menos esperadas.

Por ejemplo, la noticia del embeleso que se expresa cuando se calla se imprime en el *Cántico Espiritual* de San Juan de la Cruz, la noticia del éxtasis que se alcanza tras aquella queda y aquel olvido musitados por el místico, aquella dejación arrebatada:

> *Quedéme y olvidéme,*
> *El rostro recliné sobre el Amado,*
> *Cesó todo.*

Por ejemplo, la noticia del insomnio que lleva al desvarío centra un poema inolvidable de Quevedo, escritor que expone las mil y una cegueras de los hombres.

Buena parte de la obra quevediana encamina hacia afuera, hacia la España que no aparta nunca la amargura de los cálices, desde las fantasías morales hasta los *Sueños*, desde la *Vida del buscón* hasta las *Sentencias*. Una España que invertebra la conflictividad. Una España renuente a la sintonización histórica.

Sin embargo, el poema que refiero encamina hacia adentro, hacia un Yo enfermo de insomnio terminal. Un insomnio cuyo fuero de apelación sesiona en el corazón de Dios como avisan los versos finales.

¿Otras novedades en forma de poemas conseguidos, eficientes y hasta grandes? Enumero algunas que acabo de leer o releer.

El clamor por la soledumbre de los muertos con que Gustavo Adolfo Bécquer concluye la *Rima* de imposible olvido. La esplendente orgía letrada que divulga *Bajo los efectos de la poesía* de José Luis Vega. Los recuerdos exentos de nostalgia que poetiza Joseph Brodsky en *La casa a medias*. El viaje a la fundación nacional que propone *Tierraslareñas* de Lillianne Pérez Marchand. El vigor de la parentela uterina que postula *Anamú y manigua* de Mayra Santos. El dechado lírico que orquesta *La maqueta del viento* de Juan Sáez Burgos. La *Desconstrucción de Sor Juana* que emprende, con genio característico, José Emilio Pacheco. La hembría alzada contra el qué dirán como la recapitula Gioconda Belli en su poesía más nueva. El erotismo que desencadena *Amantes antípodas* de Enrique Molina.

Unos y otros traban la singularidad de la noticia con incendiado decir y enriquecido mirar; el decir y el mirar incansables que definen la poesía. Unos y otros, místicos y sacrílegos, intimistas y apocalípticos, realistas y surrealistas, creyentes sin satisfacer y ateos conciliados con alguna divinidad, leen las superficies y las entrañas para noticiarlas entre los barrotes de la métrica y las cadencias libertarias.

2

Lector excepcional de la realidad doméstica y alucinatoria, visionario legítimo, hombre que privilegia el afán de cada día, estudioso de la cotidianidad inapreciada y desapercibida hasta el momento anterior a la iluminación, el otro Guillén, el Negro, el Nicolás, puebla la poesía con los seres descuajados por los furores de la historia, los seres que crecen en la marginalidad plural.

¿A quién nombro para ejemplarizar? Nombro al García Lorca llorado en un estremecido alzamiento lírico contra el facismo. Nombro al soldado Miguel Pérez y el sargento José Inés —focos de la aventura dialéctica que transcurre en el famoso decimario impugnador del imperialismo. Nombro al inolvidable José Ramón Cantaliso, negro pobre que jamás fue pobre negro:

> A todos el son preciso,
> Les canta liso, muy liso,
> Para que lo entiendan bien.

Aunque el Nicolás Guillén mejor e indispensable resulta el que se apresta a la defensa, la justipreciación y el elogio de la criatura negra. Y de las raíces, las ramas y las flores que atarean a esa criatura mal vista y peor tratada por la negrofobia que cunde en las Américas.

Guillén traduce, con vehemencias y reivindicaciones, los ritmos que se olvidan cuando se nombran los negros, los ritmos que cancelan los tópicos del instinto bailable y la habilidad corporal, los clisés del caminar como pantera y el meneo a todas horas. Y las otras consabidas reducciones y los otros lugares comunes a que se echa mano cuando se caracteriza el talento de los negros.

¿Cuáles son los otros ritmos que Guillén reclama por medio de una poesía conseguida, eficiente y grande?; poesía sometida a careo por Jorge María Ruscalleda y Angel Augier, por Roberto Márquez y Nancy Morejón, por Manuel Maldonado Denis y José Ramón Medina, entre otros estudiosos de valía.

Los ritmos apenas entreoídos de la inteligencia negra. Los ritmos del espíritu apenas valorado. Los ritmos de la paciencia, puesta a prueba vez tras vez. Los ritmos del propio respeto y la propia estimación. Los cientos de ritmos sin adjetivar, los ritmos del son a secas que compromete a todos los negros de la tierra.

3

La poesía se hace a la mar como un contundente lenguaje sin precedencias, un lenguaje nuevo hecho con el lenguaje viejo. Y el poeta inmenso —el Elliot de *La tierra baldía*, el Matos Paoli del *Canto de la locura*, el Gorostiza de *Muerte sin fin*, el Ezra Pound de los *Cantos*, el Rilke de la *Elegía al Duino*, el Paul Valery del *Cementerio marino*— se asume como obrero o como demiurgo, como sensibilidad comunicante de la euforia. En fin, a la manera del diestro y confiado *Capitán que conoce las aguas de este mar* como diría esa poeta tachada de compositora, la poeta Sylvia Rexach.

La Rexach, ya se sabe, semeja el amor y el mar en muchos de sus boleros:

> *Es mi corazón,*
> *Una nave en el turbulento mar,*
> *Desafiando la fuerte tempestad,*
> *De eso que llaman amor.*

Tornadizos, acariciadores, embravecidos de repente y de repente calmados, capaces de devastar, capaces de apaciguar, imperios de los espíritus benéficos, residencias de los demonios irascibles, gustosos ahora y poco después desagradables, inductores del reposo y la voluptuosidad.

Sí, el amor y el mar demasiado se parecen.

La poesía también tiene traza de mar. El viaje por las aguas del mar poético, a veces, lo confunde la mansedumbre de las olas. El recorrido de ese mar, a veces, lo dificultan los desbordamientos de la espuma o la tempestad sin amainar. Naufragios, zozobras, ahogamientos, atestiguan las aguas de ese mar de difícil tránsito.

Por eso será que no hay gran poesía sin cuaderno de bitácora ni aguja de navegantes. No hay gran poesía sin los dones de la capitanía verbal, la justeza de los mandos navíos, la ciencia y la paciencia para organizar el viaje poético. No hay gran poesía sin las calas magníficas en las ínsulas donde la imaginación habita. Insulas que, por otro lado, apenas si rastrean los treintidós rumbos de la rosa de los vientos. Insulas ariscas, ínsulas de domesticación ardua.

En la poesía del otro Guillén, el Negro, el Nicolás, se sobran esos dones y esas calas. Hay capitanía recia y regia, capitanía de poeta que asume con confianza y con dominio el mirar y el decir.

Puesto que los dones sobreabundan los sones se motivan: motivos del son guilleniano que portan noticias sobrecogedoras, noticias que el poeta leyó en las superficies y las entrañas de lo humano; noticias cadenciosas, libertadas por entre los barrotes de la métrica.

Noticias de los padecimientos traducidos por la risa y la lágrima, la indignación y la denuncia. Noticias acontecidas porque la belleza y la sabiduría se abrazan en el solar de la palabra. Noticias que deslizan su hechura persuasiva de poema por las aguas del mar, ahora bravo y de repente calmado, que se nombra Poesía.

Letras para Octavio Paz

Tres cualidades distinguen a un buen poeta según Elliot: la excelencia, la abundancia y la diversidad. Reencuentro la afirmación en el estudio que Octavio Paz dedica a Sor Juana Inés de la Cruz y que titula *Las trampas de la fe*.

¿La reencuentro o la leo por primera vez? No sé. Subrayo, con un entusiasmo impúdico, los libros excelentes, abundantes y diversos de Octavio Paz. Y hasta orlo con tinta los pasajes cuya lucidez y vitalidad invitan a un tercer, cuarto, infinito asomo: *Picasso es nuestro tiempo. Quevedo no es uno sino muchos autores. La lucidez es, asimismo, conciencia de los límites.*

De manera que cuando me topo en *Las trampas de la fe* con la afirmación persuasiva y apabullante *Basta tocar un cuerpo para que se desvanezca, Basta que se desvanezca para que recobre su realidad* llego a sospechar que la he leído antes.

Efectivamente, la he leído en el mismo libro en que volveré a leerla infinidad de veces.

Porque toda gran obra invita a regresar tras ella. Y a desandarla con otros pasos, desmontarla con otras vivencias, abrirla con otras llaves, escucharla con otras voces. Toda gran obra literaria se propone como casa a habitar, en más de una ocasión, por el inquilino llevadero o insoportable, perezoso o enérgico, que se llama Lector.

Quien regresa al *Laberinto de la soledad*, por ejemplo, descubre que la obra que dejó tiene poco que ver con la que encuentra. Durante la primera visita se apropió de los cuatro o cinco temas recurrentes. El rostro que se busca en el espejo, la identidad en crisis del pachuco, la dialéctica de la soledad, los hijos del desorden, los serpenteos paradójicos del pasado por entre el presente mexicano.

Desde luego el manejo fulgurante del idioma español acabó por hechizarlo, la riada de colores sugestivos que escolta la palabra profunda de Octavio Paz. Más el fondo eficaz de poesía que le permite a su prosa elevarse. También la lección que implica reflexionar sobre el país natal sin ceder a los chantajes con que amenaza el nacionalismo turbio, bocón e irrespetable; tan distinto y tan distante del nacionalismo hondo, sano y necesario.

Otros hechizos, sin embargo, aguardan al segundo, tercer, infinito regreso.

Uno es el descubrimiento de la tensión poética alcanzada por aquel fulgor; tensión que la propicia la manera como Octavio Paz avecina las palabras hasta comunicar lo que se dicen entre ellas. Y la manera como armoniza la comunidad de los sonidos. Y la manera como plantea las ideas.

Otro hechizo que aguarda es la luminosidad que aviva la idea. Octavio Paz, ya se sabe, privilegia el decir sensual, el decir hermoso. Leerlo da gusto verdadero porque sus textos jamás inclinan hacia la fatiga de la erudición sin tregua. La idea ocupa el centro sí. Pero, la escolta siempre una juiciosa y saludable claridad expresiva, una considerada transparencia, una decantada sencillez.

La claridad de expresión, la transparencia, la sencillez, parecen responder a la obligación, casi moral, de querer dialogar sin excluir, de fomentar el acuerdo en la discrepancia, de evitar el repliegue del Lector hacia fuera de la página.

Volví al *Laberinto de la soledad* porque lo abraza pronto la memoria. Pude volver a *Corriente alterna, Puertas al campo, Sombras de obras, Cuadrivio*: libros de escritura despejada, rica, que invitan a regresar tras ellos, desandarlos con otros pasos, abrirlos con otras llaves, escucharlos con otras voces. Libros, en fin, que invitan a la rehabilitación.

Habrá que recordar, por otro lado, la relación particular que Octavio Paz sostiene con sus Lectores. Esa relación amerita una digresión breve.

Toda obra de creación recorre una ruta donde se alternan la confianza fanática y la certidumbre del fracaso; ruta devastada por los pesares a veces, ruta florecida por las auroras razonables a ratos.

De las rutas originales se hacen nuevas rutas, nuevas explicaciones a la explicación que toda obra artística es. Umberto Eco da a luz explicaciones para satisfacer la curiosidad que produjo el que un crítico se refugiara en terreno enemigo. Naipaul igual lo hizo, hondamente por cierto, mediante la exploración ensayística de la Trinidad precaria y residual que frecuenta su obra de ficción, una ficción contundente y sustantiva. Arthur Miller, también, se arriesgó a hacer un collar de cuentas con sus caídas y recuperaciones.

Toda obra de creación, en fin, tiene su biografía.

La biografía de la obra literaria de Paz hay que procurarla en la apertura de su persona a la conflictividad contemporánea de toda índole y el aborrecimiento de las formas políticas que tiranizan el pensamiento y lo cautivan a nombre de una fe hecha de trampas.

Puesto que esa apertura nunca fue tímida y ese aborrecimiento se encrespó cada vez que se encresparon los totalitarismos, Octavio Paz alcanza, junto a la visibilidad más que merecida, la felicitación extraordinaria y el respeto.

Antes que la Academia Sueca se premiara premiándolo, antes que galardonara los esplendores de una obra que se cimenta en la belleza y la interrogación, en el sacudimiento y la duda, a Octavio Paz lo había galardonado el público de la aldea grande a que se reduce el mundo hoy día.

Un público masivo y anónimo pero ávido de reflexión. Un público que gusta de estremecerse y sosegarse con la sensibilidad y la inteligencia. Sensibilidad e inteligencia que hallan un cultivo renovado, diligente y vigilante en el arte ennoblecido de Octavio Paz, luz sin atenuar en este siglo de sombras.

El amargo placer de Tiempo Muerto

Un texto teatral confirma la permanencia y la lozanía cuando logra que varias generaciones sucesivas, ubicadas a diferentes alturas históricas y separadas por diferentes compromisos con la realidad, lo desentrañen y lo profundicen, habiten su posibilidad y encaren su acumulado prestigio con el brío y la convicción de un rito que celebra la novedad. Entonces, la huella epocal que se advierte en una expresión particular o el posible desfase de la situación social no impiden que dicho texto estremezca con la fuerza, parecida o superior, que obtuvo en el estreno y que provoque un sincero, cálido, desbordante entusiasmo.

Mientras veía representar *Tiempo Muerto* de Manuel Méndez Ballester en el Teatro Tapia y coincidía con el público en el aprecio y el respeto por la labor que el inspirado grupo de actores convocado por Producciones Candilejas efectuaba, repensaba, insistentemente, en la pervivencia y la oportunidad múltiple que consigue un texto teatral en cuanto accede a la difícil categoría de bien común, de hecho artístico que registra el ser y el existir de un pueblo; pleno, significativo, provocador hecho artístico que por serlo es, parejamente, hecho histórico.

Decir que *Tiempo Muerto* es un clásico del teatro puertorriqueño supone acudir a una clasificación eficaz que, no obstante, explica muchísimo menos de lo que, en rigor, debería. Mayor interés indica preguntar por qué una obra cuya habla resulta arcaica y distante, exasperadamente realista y hasta incómoda en la fotografía de una miseria que, a ojos nuevos, parece fácil literatura e incredulidad, consigue una inmediata y palpitante afinidad; afinidad manifiesta en el silencio ostentoso y sobrecogedor con que el público observa el progreso de la acción, en la muda satisfacción que se instala en el rostro atento del espectador y en el aplauso fervoroso, interminable, que acoge el saludo final de los seis actores, enemistados con la truculencia y la concesión. Son ellos Lydia Echevarría, José Luis Marrero, Samuel Molina, Víctor Arrillaga, Johanna Rosaly y Braulio Castillo hijo; dirigidos, controlada e impecablemente, por Dean Zayas.

Tal afinidad invita a componer dos o tres observaciones a propósito, siquiera mínimas y pasajeras.

Primeramente, hay que destacar la exactitud del diálogo de *Tiempo Muerto* y su efecto en el espectador. Columpiado entre la desolación y la esperanza, sensato y veraz por su inacentuado tono lírico, convincente por la sabia dosificación de la tosquedad léxica, el diálogo de *Tiempo Muerto* teje, sigiloso y continuo, la trama y no descansa en su función de informar y de avisar. Cada nueva línea adelanta la acción o anuncia un acontecimiento modificador o esboza un símbolo justo y elemental; diálogo formidable de *Tiempo Muerto* que no transige con la metáfora, brillante pero ociosa, ni con la gratuidad de la parrafada redundante que deletrea la tesis, moral o política, con demasiados pelos y demasiadas señales; diálogo en que solamente los personajes aportan la voz, libres de la manipulación autoral. Llevado por el curso acertado del diálogo el público se entrega, creyente, a informarse de la obra mientras se forma una opinión.

Por otro lado, el flujo limpio, la linealidad implacable de las escenas y la arquitectura sólida retiene el interés del espectador. Quien, enseguida, se apodera de los matices del habla jíbara y de la emoción que desborda a los personajes y se identifica con sus desolaciones y sus esperanzas, con su inevitable padecimiento. Y se pregunta por qué tanta desproporcionada desgracia. La acción nunca se distrae y se produce con una naturalidad competente que no malgasta ritmo, tiento, paso. Naturalmente, el público tampoco se distrae.

Finalmente, el título trasciende su inicial significación a lo largo del drama y el espectador concluye que el tiempo muerto no es sólo aquel en que no hay trabajo, zafra. Otro tiempo muerto, más terrible, lo constituye aquel en que el sueño de una vida mejor, medianamente digna, se convierte en una aberración insoportable para las vidas secas, precarias y condenadas que lo sufren.

En un momento en que la patraña asimilista socava e interrumpe el derecho a conocer nuestra historia y perspectivarla de manera que nos explique y oriente, *Tiempo Muerto*, de Manuel Méndez Ballester, proporciona la oportunidad de encontrarnos —por la vía enriquecida del arte— con uno de sus capítulos más vergonzosos y sobrecogedores. El Teatro Tapia propicia durante estos días la oferta de un texto excepcional que se nos ofrece en viva, ardiente, denunciaria voz alta; amargo texto que hay que escuchar, reflexionar, significar.

La honestidad como provocación

Una tarde de abril de 1984 no pude evitar herirme el labio inferior mientras combatía, con una mordida furtiva, el inesperado avance de las lágrimas. Las lágrimas respondían a la estremecida verdad que lograba un drama colosal en un escenario de Broadway.

No es Broadway el lugar donde, habitualmente, se cuestiona. Tampoco se favorece allí la obra que examina las trampas, nada sutiles, que se dejan tender los seres obsesionados con las formas ruidosas del éxito. Y que desemboca en el talento prontamente arruinado, el servilismo a los poderes de turno, el exhibicionismo.

El teatro de Broadway padece un largo hiato de vacuidad que remedia, una que otra vez, un estreno de Lanford Wilson o Sam Shepard o la reposición de algún clásico contemporáneo como Tennessee Williams, Edward Albee o Lillian Hellman. La oferta restante se constituye, mayoritariamente, con la astracanada que tendría mejor asiento en la televisión mediocratizante y con la comedia musical que enriquece la escenografía para que disimule la pobreza de la esencia.

Pero, la tarde que refiero ocurrió en Broadway un prodigio. La reposición de *La muerte de un viajante* de Arthur Miller permitía el reencuentro con un drama desconocedor de la fisura y la vacilación temática; desconocedor del sermoneo autoral que paraliza la acción para que estalle, iracunda, la tesis. Aquella tarde el drama supremo de Arthur Miller reafirmaba sus sabidos esplendores. Reafirmaba la potencia destructora que cimenta el *sueño norteamericano*.

De manera que la tragedia social la individualizara un tragediante de estilística contemporánea se había requerido a Dustin Hoffman como protagonista. La configuración vocal y plástica que conseguía Dustin Hoffman del texto milleriano superaba la expectación. Además, su estatura breve le añadía al personaje del viajante, Willy Louman, una aureola lejana de niño viejo que no asumió el paso de los años con franqueza, que no maduró hasta convertir los fracasos en capacitadora experiencia.

Las lágrimas, Brecht mediante, implican la trabazón de la dialéctica. Sin embargo, aquella tarde de abril, las lágrimas no eran una derrota propiciada por la vulgaridad del sentimentalismo ni un descenso bobalicón a la incoherencia. Eran, sí, el reconocimiento de los obstáculos súbitos que escoltan las verdades dolorosas. Y una forma de agradecimiento por la rica partitura verbal y el código plurivalente que un auténtico gran dramaturgo, en el apogeo de las facultades, supo crear.

El nuevo libro de Arthur Miller, *Timebends*, es otra majestuosa partitura verbal, otra reflexión pública ejemplar como *Las brujas de Salem*, como *El precio*. Esta vez es la propia vida el material a textualizar, la propia vida observada y comentada con un irónico sosiego y una desatada lucidez; vida confrontada, a plenitud, en la oscuridad del mediodía y las auroras ofuscantes, en las calmas a que muda el amor bueno y las tempestades en que se deshace ese amor, en la compasión por el maltrato y el desprecio por el rufián.

Por cierto, *Una vida* es el subtítulo, aparencialmente simple, que Arthur Miller da a su autobiografía; vida sujeta a las curvas, los sesgos inesperados de los que se encarga el amenazante curso de enigmas y contingencias llamado tiempo.

A esos sesgos inesperados, a los desvíos y asperezas que sorprenden, los doblamientos y los tuerces que hacen tropezar, alude el título sugestivo y personalísimo, a esos cimbreos del tiempo para los que apenas hay conjuro o prevención. A no ser el carácter egregio que desemboca en la decencia y la honestidad. O el apuntamiento en el vivir que huye de la duplicidad, la miseria, la endulzada traición.

Las ocho partes que suman el voluminoso libro *Timebends* atienden las claves imprescindibles de la larga y agitada vida de Arthur Miller sin que se distraiga la belleza de la expresión, sin que la cronología esclavice. Desde la temprana infancia en que las mudanzas de un barrio a otro de Nueva York se transformaron en el signo descriptivo de los Miller Barnett hasta el asentamiento de Miller en la finca de su propiedad en Connecticut; desde el matrimonio con la novia universitaria Mary Grace Slattery hasta relación duradera con la fotógrafa Inge Morath, los acontecimientos asoman y reaparecen traídos por los arbitrios de la memoria. Y por las recuperaciones que logra la memoria adulta, por la caza del tiempo ya cristalizado como recuerdo.

Miller no jerarquiza los cimbreos de la memoria. El sitial que ocupa Marilyn Monroe importa tanto como el recuerdo encendido de la infancia. Aún más, la diosa Monroe aparece en el texto en las primeras páginas, secundariamente, para ilustrar un comentario a propósito del sentimiento de orfandad que transmitía el padre del autor, Isidore Miller. Las iniciales apariciones esporádicas de Marilyn Monroe culminan en la larga, respetuosa, vibrante narración del idilio y su destrucción.

Ni por un instante o una línea intenta Arthur Miller la justificación al desgarramiento que produjo una relación tan explosiva. Marilyn Monroe cruza las páginas millerianas como el ser, desesperado hasta la tortura y el dolor, que otros estudiosos han reconstruido, veraz y compasivamente, en especial Anthony Summers en el libro recomendable *Diosa, Las vidas secretas de Marilyn Monroe*. El homenaje del amante incluye la discreción responsable frente al amor que se accidentó.

La Monroe, desde luego, se tiene por un sesgo inesperado en el tiempo del autor, una aspereza ni mayor ni menor que otras. Una aspereza o una contradicción mayor puede ser el encuentro repentino con el prejuicio o la mala opinión, el recibimiento frío o indiferente a un estreno en particular porque el autor cayó en desgracia para las mismas fechas y por razones ajenas a las artísticas. Arthur Miller mira hacia atrás sin ira y recuerda la hostilidad con que la crítica recibió su drama *Después de la caída* porque creyó que el autor intentaba una apología a la fracasada relación con Marilyn. Arthur Miller mira hacia atrás con ira y recuerda la literaturización chapucera que hizo Norman Mailer de las últimas horas de Marilyn.

Un tono nada predicador domina el libro de principio a fin. La sobriedad existencial de Arthur Miller, que trasluce su autobiografía, es tal que los atropellos del oprobioso *Comité de Actividades Antinorteamericanas*, en los años sombríos de Joseph McCarthy, se relatan con la equilibrada dignidad del que retoma la historia con aleccionadora sencillez. Pero, alguien que no equivoca la sencillez con la pusilanimidad. Y salta, continuamente, a la defensa de los escritores acosados, los escritores marginados por motivos políticos y religiosos, los escritores fugitivos de algún reino totalitario de la derecha o la izquierda.

Las salidas teatrales de Arthur Miller, tan cuidadas, tan responsablemente escasas, revelan un hacedor consumado de ficciones, un artista saludable en los propósitos y las consecuciones, un testigo monumental de su época.

No obstante, su autobiografía resulta una sorpresa sin término. Por la revelación del narrador lujoso que se oculta tras el dramaturgo eminente. Por el muestrario sucesivo de poesía y contención a que remite la misma. Por la decencia convivencial que emana de cada página. Por la transformación responsable de la honestidad en provocación.

Una tarde de noviembre de 1987 no pude evitar reír, febrilmente, mientras volvía a una página inolvidable del libro que me ocupaba. La risa febril era una respuesta a la hechura estremecida de la verdad que lograba la autobiografía colosal de Arthur Miller. Tal vez el sello de Arthur Miller, como artista, pueda intentarse a partir del confrontamiento de las reacciones extremas que su obra suscita. La suya es una obra capaz de combinar, en un solo aire o una sola oración, la referencia explícita a lo que nos salva y nos condena. ¿Se atreverá alguien a pedir más?

El otoño del patriarca o el escritor como peso completo

Toda conversación a propósito del *Otoño del patriarca* excede los razonamientos significantes de la literatura y se aventura en una pugna crítica colindante con el suspenso que consigue la acrobacia sin redes o el regreso al cuadrilátero de un reputado campeón de peso completo. Más que el abandono gozoso a la lectura, *El otoño del patriarca* fomentará una lectura tensa por el afán de constatar la revalidación del genio, una lectura escoltada por la solicitud de respuesta a la pregunta obsesiva: ¿es ésta una novela grandiosa como *Cien años de soledad?* Que es la reducción apretadísima de la duda colosal que creció después del triunfo volcánico de la singular novela. ¿Es, será posible que Gabriel García Márquez supere la epopeya deslumbrante de Macondo, que la iguale?

En el circo, un horror sacrosanto parece inundar el corazón del acróbata después que realiza el salto que entusiasma a su público. Nada tiene que ver dicho horror con la maroma, efectuada en un vacío por el que se pasea la muerte. Tiene que ver dicho horror con el mensaje descifrable que acompaña el calor de los aplausos y con la exigencia, perentoria, de un número más difícil todavía; el requerimiento del acto que supere lo insuperable.

Para muchos que aplaudieron *Cien años de soledad* la nueva novela de García Márquez deberá ser la ejecución de un número más difícil todavía, parecido a la interpretación audaz de una danza a la orilla de una pendiente. O parecido al combate imposible que se libra contra la propia sombra. El lector, sospechoso de que el oficio artesanal puede fingir la calidad intrínseca, de que el verbo ingenioso puede suplantar la contradicción compleja del gran mundo novelesco, de que la corrección tersa puede confundirse con la excelencia, indaga, pregunta y exige saber si *El otoño del patriarca* es el resultado vivificante de una noble faena de campeonato en la que se evidencia la habilidad y la entrega irrestricta. O si se trata, meramente, de un combate de exhibición motivado por la cifra astronómica de la bolsa; combate en que no se arriesga el título pero se expone la condición excelente, el estilo de golpear, el arrojo y la pericia del coronado de peso completo.

El lector merece saber que *El otoño del patriarca* es un *match* conmovedor en que el campeón, Gabriel García Márquez, pelea con la bravura de quien se juega la única vida a sabiendas que no hay una segunda oportunidad, de quien arriesga nombre y destino en una apuesta voluntariosa a sí mismo. El triunfo inicial del *Otoño del patriarca* consiste en que el campeón, de peso completo, Gabriel García Márquez regresa al cuadrilátero sin escatimar disciplina y entusiasmo, sin que durante un solo *round* le aflore el cansancio, se apoye en las sogas o parezca que, a la vuelta de la próxima página, caerá en la lona.

Porque *El otoño del patriarca* es una novela formidable, triunfal en el asedio de la soledad tenebrosa emanada del poder corrupto, alucinante en el aprovechamiento de la imaginación como acceso espléndido al mundo infame de una dictadura que se mira en las aguas del Caribe. Novela o Summa de la miseria que acumula nuestra historia americana; historia nuestra desvivida en afrenta, vileza y sangre. ¡Tanta sangre!

La descomposición, en todas las direcciones y maneras, se propone como la imagen fundamental del *Otoño del patriarca*; imagen buscada en las conductas siniestras del nigromántico Papá Doc, del Trujillo sepulturero de un cementerio sin cruces, del Marcos Pérez Jiménez laminado de oro negro, del Fulgencio Batista castrador, del Anastasio Somoza petrificado en el mando. Para afinar la imagen de la descomposición García Márquez yuxtapone dos procedimientos de demolición—otra jerga para explicar el diseño de la pelea grande que acomete.

El desahucio de lo verosímil, por un anecdotario desafiante de la hipérbole, viene a ser el primero. Aunque toda exageración palidece frente a la incredulidad formulada por los días que, uno a uno, hacen la vida americana. Vida americana que, demasiadas veces, tiene la apariencia de una gesticulación sustitutoria de la gesta, de un relevo de carpas de inesperados colores, de un atronador concierto de peos-perdóneseme la supresión de la d intervocálica.

El segundo procedimiento de demolición —infalible gancho de izquierda que se alterna con el *jab,* el directo al hígado y el *uppercut*—resulta de la elaboración parsimoniosa de la sintaxis; sintaxis cuyo rebuscamiento opera como ideología. ¿Necesita explicarse que el esplendor cimarrón de nuestro continente, prietón por mestizo, además de su cursilería de rima y ripio, se emplaza con una lengua preciosista y cantarina? El barroco, por acá, tiene más de esencia que de forma, más de intríngulis que de ornamento.

Más que hombre, más que razón y cálculo, más que trampa y fortaleza, el Dictador de la novela *El otoño del patriarca* es la quimera mítica: cruce, engendro fatal de los fornicios anónimos que se equivocan en la memoria dispersa de su madre, Bendición Alvarado. La pérdida del origen, el desconocimiento del padre que lo engendró en cualquier feria, juerga o fiesta patronal por las que vagaba la ingenua pajarera Bendición Alvarado —personaje logradísimo en su primitivismo, incapacitado para asimilar la potestad que alcanza, comadre y comadrera, habitante descalza y manga ancha de una casona siempre abierta donde sobran las aves— interrumpe el crecimiento sano del patriarca Nicanor Alvarado. La relación sucesiva con las tres mujeres que integran el dilatado capítulo amoroso de su vida así lo pregona. La madre Bendición Alvarado, la reina de los pobres Manuela Sánchez y la novicia Leticia Nazareno, que asciende a los fastuos de las primeras damas, son metáforas variadas de la uniforme relación del protagonista con lo femenino: infantil, frágil, tímida, aberrada.

Las timideces o evocaciones fetales, permanentes en su

aniñada manera de dormir, permanentes en las extensas locu-
ciones con el recuerdo de su madre, se transforman en ruindad
durante los manejos del poder: degenerado cuando almacena
comida en las vaginas de las putas, fraternal cuando las vacas
ramonean por el palacio presidencial, taimado y zorro cuando
conquista la eternidad a prueba de balas, de cañonazos, de golpes de estado, de terremotos, de traiciones, de eclipses y paso de
cometas; eternidad a prueba de la sensualidad galopante que lo
devora, a prueba de su ostentación de ignorancia. Supersticioso,
manejador profundo de toda desconfianza, Nicanor Alvarado
es persona y personaje de su propio destino, eje que rota sobre
eje, retrato a hueso y carne de un tipo cochino que por nuestra
América rinde y abunda.

Como síntesis de historia y ficción, *El otoño del patriarca*
impone una lectura vigilante, crítica y distanciadora. El embru-
jo de un estilo que matrimonia el cielo y la pachanga, el relajo y
la poesía, no impiden la reflexión moral, ambiciosa y profunda.
El *Diario* de Cristóbal Colón con su oferta de maravillas, un
Rubén Darío que es juglar de dictadores, las visitas melifluas de
los representantes melifluos de las Naciones Unidas, los faldas
del Vaticano, los místeres charlatanes, son eficaces llamados de
atención a vicios y a maleficios, a los desplantes y las falsificaciones con que se amasa nuestra vergüenza colectiva.

El escritor Gabriel García Márquez, peso completo exacto,
ha peleado sin reservas. Y se ha mostrado abierto y ofensivo en
el ataque, certero en la colocación del rápido, inesperado en el
despacho de un puñetazo a la sien derecha desde la media distancia. Y se ha sabido fogoso, sin perder un compás en el juego
de las piernas, campeón una vez y otra en la aspiración olímpica
de tomar el retrato de un nosotros cuya ampliación alcanza el
tamaño de la locura. ¿El veredicto? Cetro retenido tras el despacho del lector por la vía expedita del *knock out*. El premio supremo consiste en el paseo por el *ring* mientras recibe una aclama-
ción estruendosa.

Joserramón Melendes o las décimas de la rebeldía

A propósito de los poemas de E.E. Cummings ha dicho el mexicano Octavio Paz que "son hijos del cálculo al servicio de la pasión". Mientras leía, con entusiasmo caníbal, el libro de Joserramón Melendes, *Desimos désimas,* recordaba tal juicio que, a primera vista, parecería una ocurrencia menor, un juego retórico hecho con términos que se fingen antagónicos, una muestra de discreción evanescente. Octavio Paz no es, desde luego, un ingenio menor ni una inteligencia formuladora de frases cuya felicidad y brillo ocultan la insustancialidad; sí es un crítico espléndido que posee y maneja una cultura cuya vastedad parece infinita, cultura aparejada a una imaginación capaz de resumir el mundo en un verso. La cita del cálculo al servicio de la pasión enuncia, entonces, una congruencia: dentro de la poesía el estallido emotivo se arma, debidamente, cuando la reflexión se ha cumplido. O lo que es igual, el grito sirve de morada para el pensamiento que se sabe riguroso. El grito poético es la consecuencia exaltada de la razón.

Artesano que dispone, con exactitud, del mecanismo interior de la trova es Joserramón Melendes, poeta para leerse en voz alta, bardo militante de una poética de la fealdad aparente, autor de un nuevo jibarismo. *Desimos désimas* es el punto de encuentro con todo ello: la rabia y la regimentada serenidad que atraviesan las décimas con la presteza de una flecha, la insinuación hecha por la palabra poética misma de una lectura resonante y estridente, el aprovechamiento literario de la materia soez. Y, por encima de todo, el rescate del jibarismo. Y su inmediato replanteamiento como opción temática solvente: un neojibarismo contaminado de plebeyez y discrepancia. Jíbaro éste —y valga la paradoja— urbano, arrabalero, proveniente del sector que padece todas las marginaciones. En el recorte poético del jíbaro rabioso que invenciona un verso zafio encuentra Joserramón Melendes el centro gravitacional de su admirable texto. Y desata la proposición de un discurso poético que transgrede las normas de una literatura fina y anticonflictiva. Y reivindica la tosquedad y la ordinariez como signos literaturizables. Paradoja absoluta: valores antipoéticos que se transforman en valores poéticos por los ojos desmitificadores del autor.

La agudeza de un análisis de la realidad efectuado con el "hablar estrujao" por un lado y el cabal entendimiento de la historia por el otro, precipitan el torrente fervoroso del cantor y la pujanza de su politización desgarrada. Atrás, en el capítulo de las experiencias superadas, queda el jíbaro socarrón que respondió con el *ujú* a la sarta de promesas. También queda atrás el jíbaro alucinado por el fuego siempre vivo de los flamboyanes, el jíbaro enmudecido por el paisaje y la luz. El jíbaro nuevo de Joserramón Melendes articula una moral y una canción entretejidas con observación, curiosidad y cálculo. El cálculo que abarrota todo poema —toda formulación artística— lo escuda y disfraza Joserramón Melendes con una apariencia de espontaneidad. Hábilmente provocada está la pasión.

Texto inaugural éste, de estructuración sólida y conmocionada lucidez; texto que asume, sin regodeos, los desamparos sucesivos de la tradición decimaria y la ortografía rota. Por desamparo entiéndase la asunción de unos riesgos formales como lo son la vuelta a la décima y a la corrupción consciente de la ortografía.

Una reflexión mínima e inicial nos recordará que la décima puertorriqueña, malgastada en tantas salidas reprochables, entrampada en frívolas asonancias, sumida en facilismos versificadores, fue convertida en himno de un jibarismo vacuo y reaccionario. Depositada en la garganta de los oportunistas versados se convirtió en melopea para un puertorriqueñismo conformista y plástico. Peor, en manerismo desvergonzado de la jibaridad oficial. Por otro lado, más de un empeño creador se ha venido abajo porque esa vieja novedad de la ortografía fonética ha falsificado el auténtico temperamento popular. Y ha enterrado, bajo el culto a la incorrección, la profundidad y la sabiduría que posee el temperamento popular. El color local y el pintoresquismo, vueltos materia sustantiva, han escamoteado la posibilidad de conocimiento que la literatura ofrece.

De ambos riesgos sale, ilesa y fortalecida, la poesía de Joserramón Melendes; la superación de ambos riesgos dota al texto de buena parte de su vigor expresivo y pertinencia; ambos riesgos se sortean con destreza tal que confirman la aparición de un escritor que desborda la nómina de la poesía interesante y se matricula en la nómina de la poesía necesaria

Porque sus décimas organizan la razón de un jíbaro alzado, dueño de una palabra sajada, una palabra armada para el combate. El ripio y el sonsonete remachador, la degradación de la campiña, las sonoras texturas verbales, los elementos residuales de un jibarismo benigno, se someten a los procesos filtradores de la palabra rota. La fiereza del texto la sostiene el lenguaje, convenientemente, fracturado que la décima, además, ha encarcelado, restringido. Desde esa sabida fractura, desde esa cárcel de la forma, la poesía de Joserramón Melendes crece hacia la relevancia, hacia el reclamo de dignidad.

El viaje poético por cada parada existencial de un jíbaro que se reconoce arquetipo —como un Martín Fierro de nuestra serranía y nuestro arrabal, magno su dolor, magna su narración— propone la interpretación del texto como una guía pavorosa para la desesperanza. El itinerario de desventuras incluye el arrabal puertorriqueño, Nueva York y Vietnám: las tres señales imponen un dramático tendido de líneas que llevan a la referencia de Latinoamérica y la persona del Che Guevara como encarnadora de la respuesta. El poema final, *El sentauro,* uno de los más dichosos del conjunto, perfila una escultura animada que, enseguida, se hace mito: jíbaro tuerto y caballo tuerto integrados en la carrera salvaje de la búsqueda incesante. Entre la décima primera y pesarosa y la décima última y testamentaria se ha armado un agotador viaje de liberación.

Joserramón Melendes ha callado su voz y ha permitido que el jíbaro nos entregue la suya, pura en su impureza, limpia en su suciedad. El jíbaro ocupa el vórtice absoluto del canto, como protagonista riguroso, como comentarista sesudo, como observador quisquilloso. Ello impide que el libro se pueda desmembrar en versos mejores o peores o estrofas de logro pasajero y conseguida fibra. Porque las tensiones que suscitan los silencios y las interjecciones y las pausas solicitadas entre un verso y el otro y los encabalgamientos y las exclamaciones satíricas elaboran una trabazón apretada de difícil descomposición; difícil e inútil. Cada verso de las décimas, apoya su continente rítmico y su significación en el solar y tiempo que el autor le ha asignado. Cada verso de las décimas, cada una de las décimas, aumenta su señalamiento por el vecindario inmediato en que ha sido colocada. La concepción misma del libro, la construcción cerrada, su encuadramiento dentro de una tradición cantatriz que va "de la anochezca a la amanezca", exigen una lectura sin roturas artificiales, de principio a fin.

Un buen poema es una exacta unidad de emoción a la que convida la razón y un verso es la fragmentación improcedente de dicha unidad. Desubicado dice poco y, a veces, nada.

Otra cosa sería, como parte del análisis detallado a que la excelencia de la obra obliga, la ponderación del sentimiento prevaleciente en cada unidad del conjunto; la indagación del pie forzado que el poeta encuentra en los trabajos de Rafael Hernández, Virgilio Dávila, Josemilio González, Gautier Benítez; también las claves auspiciadas por la dedicatoria; también el enjuiciamiento de la atmósfera de angustia sofocante; también la advertencia del tono ácido que juntan la mordacidad y la ira; también el peso trágico del humor negro y la ironía corrosiva. Dentro de ese bienvenido análisis detallado requerirán larga consideración los poemas capitales del conjunto: la *décima en guaguancó* que desinfla los espejismos inútiles de la lotería dentro de una visión de marcado desencanto, cercana en el matiz crítico del *Obituario Puertorriqueño* de Pedro Pietri, y el diáfano

Apéndise para la muerte, reflexión templada sobre el gran acontecimiento.

En un país donde la poesía abunda entusiasma la aparición de una voz comprometida con la reciura del canto y el riesgo que el mismo implica. Como la tajante de Joserramón Melendes que entrega a quien las quiera, cálculo y pasión machihembrados, estas viscerales décimas de la necesaria rebeldía.

Vargas Llosa
o el arte de leer

Toda lectura es un diálogo cuyo fuego lo aviva la pasión con que se asume el papel del lector, del otro. El mejor lector asedia el texto con el propósito lúcido y fiscal de afirmar o negar su eficacia mientras aplaude la observación y la sugerencia penetrantes y le reclama a las fisuras y a los espacios flacos. Si es lúcida y fiscal, si es generosa y peleada, la lectura amplía la imaginación a la vez que ejercita la intuición y el pensamiento. El texto eficaz auspicia y desborda la posibilidad de ambas ejercitaciones.

La lectura intensa de varios textos eficaces de Jean Paul Sartre y Albert Camus sirvió a Mario Vargas Llosa para refinar la discriminación de su juicio y constatar el acierto de su intuición. También para procurar su rostro de escritor latinoamericano en la contradicción y el dogma, en la gran ilusión y el desencanto que nutrieron la empresa creadora de dos protagonistas absolutos de la cultura francesa de nuestro siglo. Resultado de esa lectura intensa en la que se sucedieron —a lo largo de los años— la adoración y la duda, la simpatía y la discrepancia, la ruptura, es la serie de artículos que publica *Ediciones Huracán* de Puerto Rico con el título recatado de *Entre Sartre y Camus*.

Sólo el título es recatado. Porque las ciento cuarenta y una páginas que arman el libro están escritas con una audacia y una libertad de opinión nada temerosas de los riesgos, nada recatadas, merecedoras de admiración y reconocimiento. Y a riesgo de que algún parecer resulte harto discutible —el artículo titulado *Calígula punk* acumula varios— en cada página triunfa la apuesta por una lectura fogosa, exigente y personal, resistida a las fáciles adoraciones, negada a las simplificaciones pueriles de los que ostentan las respuestas con anterioridad a la formulación de las preguntas, la sutileza y la claridad convertidas en norma.

En el centro del libro, junto a las significaciones permanentes que irradian las obras de Sartre y Camus y el examen de la polémica que los desamistó, se coloca la lección plural que Mario Vargas Llosa obtuvo de aquellas; lección de la precariedad del éxito, lección de la dificultad de toda construcción verbal, lección de la imposible reducción de la experiencia humana a unos actos previsibles y controlables.

Lo apuntado como lección es, desde luego, convencional y Mario Vargas Llosa no solicita el crédito de la originalidad para ella. Nadie dijo nunca que escribir bien fuera tarea improvisada o de paso, nadie garantizó la permanente compañía del éxito a quien una vez lo alcanzó. Por otro lado, ambos extremos de sujeción ideológica probaron su inefectividad moral cuando institucionalizaron el terror sicológico, la persecución y la eliminación física de las disidencias como precio incondicional a sus proyectos de transformación histórica. Posteriormente, la misma historia —convocada en su día como aliada, se encargó de la sentencia y de la condena, de la desestimación y del aborrecimiento.

Poco convencional es, sin embargo, el hecho de que tales lecciones las produjera, simultáneamente, la mirada perspicaz a la realidad en marcha —sus azares, sus trampas e inconsistencias, su esperanza súbita— y el estudio del pensamiento que la realidad en marcha propició y el desgarrador, solitario acto de crear. Por ello, la que ofrece *Entre Sartre y Camus* es una aventura intelectual más abarcadora que la mera y hasta fácil lectura del comentario de los trabajos y los días de esa máquina de pensar que fue Sartre, esa voz del coraje y de la libertad que fue Camus y de las reseñas de dos textos originalísimos firmados por la mujer espléndida que medió entre los dos monstruos como amante y amiga, Simone de Beauvoir.

La aventura principal radica en observar las prefiguraciones de las novelas del propio Vargas Llosa en algunas afirmaciones de pasajera apariencia y asistir a la escalonada constitución de una voluntad presta a encarar la mayor dificultad si conduce a la realización plena de un proyecto que sólo admite las palabras como material.

Así, en la examinación de *Los secuestrados de Altona* de Sartre, publicada por Vargas Llosa en el 1965, se propone una idea que validaría el mundo antiheroico, amoral y sombrío de *La ciudad y los perros* —"unos personajes y una acción se bastan a sí mismos al margen de las abstractas nociones de responsabilidad compartida y de culpa que quieran materializar". Así, en la breve reseña de *Una muerte muy dulce* de Simone de Beauvoir, una de las narraciones más conmovedoras sobre el eterno aprendizaje de ver morir, Vargas Llosa declara que la literatura es un oficio impúdico, acaso el preludio inconsciente para el exhibicionismo paródico de *La tía Julia y el escribidor*. Así, en el artículo *Revisión de Camus*, publicado en el 1962, Vargas Llosa opina —"como buen escritor, Camus percibía la realidad fragmentada". La suma de fragmentos, donde habitan el desamparo y la alucinación, consigue la forma armónica y majestuosa de la mayor novela de Mario Vargas Llosa, *Conversación en La Catedral*.

Ello no supone, naturalmente, que el libro restrinja su lectura a una búsqueda de claves que poco explican más allá de la adivinanza. Sería esa otra posible manera de asediarlo. Más inmediata queda, posibilitada por la propia eficacia del texto, una lectura rasa, apasionada e interrogante, un diálogo arriesgado y maduro con los vaivenes dialécticos de Sartre y el reformismo libertatorio de Camus citados por Vargas Llosa en el *Prólogo* —con la inconmovible decencia de uno y la implacable ternura del otro también— y con la trayectoria política y artística de este peruano universal. A ello provoca, lúcido y fiscal, generoso y peleado, este libro falsamente breve, falsamente inofensivo, verdaderamente interesante.

Entre el lienzo y la caricia

Biografía de la sensualidad podría subtitularse el primer libro de Antonio Martorell, uno de los grandes artistas puertorriqueños del siglo veinte. El libro, *La piel de la memoria*, virtuoso dueto de prosa y dibujo, sintetiza cuanta actividad creadora ocupa a Martorell desde el momento en que el arte se le impone como arriesgado destino y fatigoso viaje, como el despliegue de una *ardiente paciencia.*

Vale la pena recordar el más común de los lugares: si no se corteja el riesgo se imposibilita el arte valioso. El que provoca porque interroga. El que esclarece las selvas oscuras que con nosotros van. El que hace caso omiso de la *realidad* y desmonta el laberinto que ésta oculta. El que rastrea la profundidad de la apariencia.

Digo artista, digo siglo veinte.

A lo primero acudo para distanciar a Antonio Martorell de las clasificaciones genéricas pues, en su caso, las mismas se accidentan o resultan inoperables. No es *La piel de la memoria*, propiamente, el libro de un pintor o un escritor o un histrión aunque el dibujo y la literatura y las formas presentativas del drama como el monólogo y el diálogo lo organicen y realcen. Sí es el libro de un artista profuso e incontenido, provocador e interrogante, conmovedor y esclarecedor. Un artista que se halla, ahora mismo, en la plenitud de la expresión.

Acudo al segundo indicador, siglo veinte, para recordar que la obra de Martorell —cartelismo, diseño de escenografía y vestuario teatral, grabado, pintura, ilustración de libros, actuación para el cine y el escenario, la crítica y la escritura, la hechura y decoración de máscaras— se ubica en la apertura más que en el encierro, en las voladuras de las fronteras más que en las docilidades del confín, más en las inseguridades de la experimentación que en los reposos de la convención. Es decir, en el siglo que valida las sucesivas destrucciones del canon —las incoherencias del *Ulises*, el caos del *Guernica*, la desautorización del *well-made play* que lleva a cabo el teatro completo de Bertold Brecht, los emplazamientos de la cámara en *Citizen Kane*, los lenguajes incomunicatorios de *La cantante calva*, las coreografías contraclásicas de José Limón y Martha Graham, el eros pornografiado de Henry Miller, las fotografías sacrílegas de Andrés Serrano, las instalaciones al aire libre de Christo. Es decir, en el siglo que se satisface en el trastorno y el disconformismo.

Dos obras recientes, demostraciones de una provocación que no se agota en el hecho de serlo, afirman que Antonio Martorell se encuentra en la cima de la facultad creadora.

Destaco, primeramente, la elevación, en el augusto Museo de Arte de Ponce, de una torre de latas vacías de cuanta cerveza y bebida arruinan el bolsillo, el hígado y otras vísceras puertorriqueñas. La *babelidad* de la torre tiene la impronta del histérico consumerismo que se habitúa *en este país*. Larra aparte, la torre consigna una fuga hacia dos vacíos semejantes —la altura sin fin o provecho y la hartura de bebidas tóxicas, carboratadas. También constata el aserto de que Martorell se encuentra en el apogeo de la creatividad su minucioso rescate de la poesía que subyace en nuestros trances fúnebres, exhibida en un ámbito de sugerencia cementerial como el Arsenal de la Puntilla en la ciudad de San Juan; poesía de un funeralismo tercer mundista y artesanal, hecha con velos que embellecen el dolor y con flores de crepé grandísimas como las culpas de los difuntos; poesía que insinúa el jolgorio en que termina el velorio puertorriqueño —incontrito queso holandés, galleterío salado, fresco racimo de salchichones, café con leche evaporada, ron y otros consuelos.

Pero, la expresión artística de Antonio Martorell, bellamente reflexionada por Enrique Trigo Tió en su documental fílmico *El álbum de familia*, buscadora de los cauces florecidos de abro-

La guagua aérea - 151

jos, huyente de los rótulos y las taxonomías, se proyecta, ahora, hacia otra dimensión. La que agencia la palabra. Una palabra radiante que, en algunos de los cincuenta y cuatro textos conjuntados en *La piel de la memoria,* como *No* y *Blackout,* alcanza una belleza que sacude y alarma.

No registra el combate adolescente entre la tentación de la castidad y la galopada del deseo, un combate arbitrado por la culpa a que induce la religión. En *Blackout* se remembran las ocasiones cuando el país puertorriqueño se oscurece, a propósito y defensivamente, durante la Segunda Guerra Mundial; oscuridad que los Martorell domestican como si fuera un perro cuyo arisquear somete quien le rasca el lomo; oscuridad, libertariamente, gobernada por los otros sentidos.

Digo *biografía de la sensualidad* a expensas de rizar el rizo. Cualquier vida humana, hasta la menos afanada en la materia, se define como un centro de operaciones sensuales. ¿Qué reivindica el ermitaño sino el silencio para proceder a poblarlo con sus voces preferidas? —las voces del aire y del viento, la voz del alimento áspero, la voz de las proximidades de la noche. ¿De qué se cuidaban las monjas hasta el otro día? No del diablo a quien mantenían a raya mediante el dibujo aéreo de la cruz. No del varón a quien transferían al páramo de las formas invisibles mediante los votos de castidad. Hasta el otro día las monjas se cuidaban de los estragos morales a que exponía el beber chocolate. Pues, a los ojos inquisitoriales, la deleitación producida por éste constituía un pecado casi casi capital. Uno que complacía los labios, alborotaba la lengua, alumbraba los rincones menos explorados de la boca e iba a asentar su gozada espesura en el estómago.

Además, ¿cuál otro encumbramiento pueden reclamar la vida y el cuerpo si no ser paso de servidumbre de los cinco sentidos?

Martorell, no obstante, como artífice de un universo que replantea la norma, como Padre, Hijo y Espíritu Nada Santo, se dispara la maroma de autonomizar los cinco sentidos, dotarlos de una realidad independiente del sujeto emisor o receptor, ensoñarlos mediante el curso de la comparación incesante; comparación manantía de dos vetas orígeneas, la narración y el dibujo. Que *La piel de la memoria* suscita una pregunta intencionada. ¿Cuál medio de expresión ilustra el otro? Pues, en algunas páginas, el dibujo se continúa en la prosa, se continúa en la oración trazada con una pulcritud que parece trabajo de estilete en vez de lápiz. Y en otras las ideas se pictografían, las dictamina la liquidez de las imágenes.

Los espiritistas, que pelean con uñas y dientes contra la finitud del alma, que se jactan de conocer las geografías hacia dónde vamos y de dónde venimos, dirían que Toñito, que Tony, que Toño, que Antonio y hasta el impostergable Don Antonio prefigurado en la calva, son mediunidades parlanchinas que le sirven al artista Antonio Martorell para rozarse, juguetearse, acariciarse la piel de la memoria. En el roce y el jugueteo, en la caricia, la memoria martorellina halla el resorte convocador.

Bazar del sentimiento podría subtitularse este primer libro de Antonio Martorell, uno de los artistas puertorriqueños más implicados en la faena de radiografiar las emociones patrias. La preciosa palabra bazar, de ancestro pérsico, significa ámbito surtido de mercancías. Las mercancías pueden ser uñas para pellizcar las cuerdas, papeles pentagramados, partituras, si el bazar se dedica a la música. Las mercancías pueden ser telas, botones, cintas de entredós, aplicaciones, marabúes, cuanto adorna la ropa o la hace inconfundible, excitativa si el bazar se dedica a las costuras.

Las mercancías de bazar hallan el orden en el desconcierto y la bonitura en la incongruencia, como también ocurre en el jardín árabe, tan influyente del borincano —bajo un montecillo de cruz de malta, atravesado por unas puchas de pabonas y bromelias, prosperan unas varillas de azucena a cuyo derredor cuelgan las miramelinda y el corazón de hombre. Es decir, el jardín que se particulariza por la siembra anárquica, que se niega a la simetría, a la organización por familias vegetales o prestigios florales; jardín donde se igualan la orquídea y el clavel, la gardenia y el capullito de rosa, un arbusto de azaleas o un arbustillo de rabo de gato; el borinqueñísimo jardín profuso y aselvado, trepador de balcones y ventanas, que otro muy destacado pintor puertorriqueño, Arnaldo Roche-Rabell, convierte en seña de creativa identidad.

Similarmente, en el libro de Antonio Martorell, la revoltura de apuntes y reflexiones, el junte de emotividades, establece un bazar surtido con los haceres, los pensares y los sentires puertorriqueños; una revoltura y un junte al margen de jerarquías. Una caja de limpiabotas y una lata de avena *Quaker*, el besar y una oda en prosa al perfume *Chanel* Número Cinco, el visillo y la visita a Puerto Rico del charro mexicano e ídolo de multitudes, Jorge Negrete. Es decir trozos de sentimiento que, como asignaturas aprobadas, integran un expediente de historia personal, un registro de educación generacional, el concertado desorden de un bazar.

Museo de la memoria podría subtitularse este primer libro de Antonio Martorell, uno de los artistas puertorriqueños más dados a la exploración del oficio de vivir. Pues el desocupado lector, si bien pasa la página, también pasa la vista por los objetos y los artefactos que en ella se exponen, por las sólidas construcciones verbales que en ella se levantan. La literatura de Antonio Martorell sucede, siempre, dentro de los ámbitos que se prestan a las ceremonias de la cotidianidad —dormitorios, salas de estar, la bañera, los cines de avenida, los cines de barrio, una pensión con infulillas de hotel, un prostíbulo. La memoria, ya como madrina, ya como alcahueta, ya como grito, ya como conciencia, ya como asidero, ya como grupa de caballo blanco, halla el resorte de la convocación en los objetos, los muebles, las cosas.

Hablo del valor afectivo que puede reclamar una máquina *Singer*, una percha, una silla de barbero, una mecedora; muebles que, cuando los procesa la memoria de Antonio Martorell, abandonan la indeterminación y pasan a ser *la* máquina Singer, *la* percha, *la* silla de barbero, *la* mecedora. Es decir, piezas portadoras de las experiencias que marcan; experiencias que delatan las desmesuras de la realidad.

La lectura del libro *La piel de la memoria* podría organizarse en visitas como se aprecian los museos. Visitas a las salas de los parentescos, visitas a los recintos temarios, visitas a los ritos de iniciación. La sala de la familia se integraría con las páginas dedicadas a tía Consuelo, el tío Ulises apodado tío Leche, la madre Luisa Cardona. La sala de la servidumbre de la familia —más aburguesada que burguesa, más solvente de formas que de dinero— la integrarían Doña Petra, Virginia, el chofer Filiberto. La sala de las pasiones primerizas la constituirían el aprendizaje del besar, las ofrendas masturbatorias, las erecciones imbatibles, el descenso a un antro de abolengo putañero llamado *Black Angus*. La sala de la historia puertorriqueña, tantas veces confundida con la historieta, la integrarían *La hebilla, Blackout, Museíto*.

Algunos de los tapices verbales que cuelgan por las paredes de este museo de la memoria son, con la venia por la redundancia, memorables. Lo son por la imponente fábrica escrituraria. Lo son por la locuacidad que los arma. Lo son por los colores que los encienden. Lo son porque la estilística les fluye sin falsía. Lo son porque queman la mirada y el oído de quienes los oyen y miran. Lo son porque sobreviven a esa plaga que se llama olvido. Lo son porque la nostalgia no los reduce a suspiro, veleidad pasatista, crespón en donde se lee *Todo tiempo pasado fue mejor*. Lo son porque en ellos la memoria ha ascendido a caricia.

La familia como la novela irremediable podría subtitularse este primer libro de Antonio Martorell, uno de los artistas puertorriqueños más gustosos del asombro como proyecto. Pero, la familia no se reduce en este libro a las peleas periódicas entre la tía Consuelo y su hermana Luisa Cardona ni a la enumeración de las bellas locuras de la primera y las llamadas a la cordura de la segunda. Tampoco la familia la achican los vínculos de la sangre. Otros vínculos se invocan: las empleadas de la tienda *Las muchachas*, los inquilinos del hotel *Cardona* contra los que se dispara el prejuiciado eslogan de Luisa Cardona —*Todos somos iguales pero cada quien en su sitio*, los cuerpos que la imaginación desea, los cuerpos que el deseo transa.

La familia, además, la constituye el país; ese país bastante inmaduro, bastante amargo, bastante dicharachero, bastante devoto del bayoyar y del bayú que se llama Puerto Rico y que alcanza en este libro el don de la ubicuidad.

Puerto Rico como colonia satisfecha. Puerto Rico como eterna contradicción. Puerto Rico como el *único* lugar en la tierra. Puerto Rico como la cumbre del optimismo y el desenfado. Puerto Rico como posibilidad. Puerto Rico reverbera en cada prosa, cada lámina del libro; libro que invita a releer el país, a repensarlo a través del comportamiento de los seres que lo hacen y lo modifican, lo justifican y lo rechazan, lo habitan y lo abandonan.

Aquellas sensualidades y memorias, estas familiaridades y familias, se encuentran en el hiato que retrata, con gozos remontantes, este primer libro de Antonio Martorell, uno de los artistas que mejor traduce la piel y la memoria de su país. País que lo responsabiliza con el más aguantador gentilicio, el más peleador apellido: *puertorriqueño.*

Rumba de salón

Quien vio actuar a aquel sinvergüenza ocasional, Mandrake Morrison, apodado Mandrake el Mago, recordará la afirmación que gustaba repetir, entre carcajadas y guiños —*El cuento no es el cuento, el cuento es quien lo cuenta*. Rapsodial parecía la afirmación, metrificados por la intuición los dos cortos versos. Utilizaba la afirmación el amable bribón como puente verbal para pasar del cuento recién hecho al cuento próximo a hacer. ¿Cuentista? No, cuentero. Mandrake Morrison vivía de contar cuentos a cuantos se juntaran a oírlo; contarlos, engarzarlos con un magisterio cuyo mérito principal consistía en la invisibilidad del esfuerzo.

La invisibilidad del esfuerzo se tiene por esforzada tarea en cualquier arte. La *naturalidad* interpretativa de Al Pacino y Vanessa Redgrave, de Robert de Niro o Joanne Woodward, la produce un voluntarioso artificio: semanas y semanas de investigar la motivación del personaje, semanas y semanas de acechar el matiz que valida la emoción, semanas y semanas en la configuración de la persona que refugia el personaje. La *naturalidad* que derrochan Julio Bocca y Alexandra Ferri, cuando interpretan los ballets blancos de su amplio repertorio, oculta una infinidad de calentamientos del cuerpo, de tenaces repasos, de ensayos detallistas. La *naturalidad* contradice el arte que es, por esencia, fingimiento.

La invisibilidad del esfuerzo, regla de oro del contar, no la cita Horacio Quiroga en el celebrado *Decálogo* ni la aluden Juan Bosch y Julio Cortázar en las páginas notables que dedican al arte de contar, notablemente. Tampoco la cita o alude, pues no tuvo ocasión de teorizar, la madre de todos los cuentistas, Scherezada. Sin embargo, en los cuentos escritos de ellos como en los cuentos orales de ella, la regla de oro se guarda, religiosamente.

Urdir un cuento, tejerlo con maestría, atarlo de forma que las puntadas desaparezcan y el esfuerzo se invisibilice, nadie lo hace mejor que Scherezada. Acaso porque en juego están el continente y el contenido del más entresijado de los cuentos, el cuento de la propia vida.

Esclava *full-time* de un pobladísimo harén o gineceo, con obligaciones de odalisca y responsabilidades de esposa —requeteputa en la cama y archibeata fuera de ella, Scherezada se ve en la obligación de añadir otra diligencia a las muchísimas *propias de su sexo:* contar cuentos que sorprendan, embelesen y amansen al Sultán. Quien, despechado por la infidelidad de otra esclava, amenaza decapitar la población completa de su harén o gineceo, eunucos incluidos.

Detrás del espejismo copioso de *Aladino y la lámpara maravillosa,* detrás de la gitanería de *Alí Babá y los cuarenta ladrones,* detrás de los buceos de Simbad por el imperio de las aguas, detrás de tanta invención magicista y sobrenatural, vibra una desesperada apuesta por la vida en boca de mujer.

Si Pandora —otra esposa— abre la caja de los males, Scherezada abre la caja de los bienes. Aferrada a la imaginación como salvoconducto para transitar unas mil noches, en libertad bajo palabra durante mil amaneceres, Scherezada cuenta los cuentos como si los urdiera sobre la marcha, como si no los hubiera diseñado y corregido durante el perdón discurriente entre cada amanecer y cada anochecer; los cuenta con la soltura que, siglos después, Italo Calvino rebautiza como *agilidad* y cataloga como cualidad indispensable del narrar.

Caja de los bienes sí, pues a procurar el bienestar del temido oyente se destinan las narraciones de Scherezada. Primorosas falúas son las narraciones, bajeles para una guerra hecha con palabras que navegan con buen soplo y buen ritmo, capitaneadas por los hilos de la maravilla: caballos en volandas, filtros de amor, hallazgos de tesoros, policromos embustes. Navegaciones que concurren con el dicho de Oscar Wilde —*el arte es el resultado matemático del deseo de belleza*. Navegaciones entre los proporcionados suspensos de la trama. Navegaciones que facturan, como equipaje único, el ímpetu de vivir.

Impetu, furiosa apuesta por la vida, profecía del verso con que Sor Juana, otra esposa, perfecciona su mejor soneto —*Si te labra prisión mi fantasía*. Sí, una prisión fantástica le labra, noche tras noche, la esclava Scherezada a su potencial verdugo. Una prisión edificada por la fábula irreal y la palabra abrillantada. Una prisión ante la que se desdobla en cuentera, en ventrílocua, en mima, en cuanta máscara improvisa la mujer para conseguir la aprobación del hombre. La máscara de dar el grado y agradar. La máscara de complacer. La máscara de satisfacerse en complacer.

Desesperadamente, arrojadamente, Scherezada erotiza el placer, lo tonifica con las chulerías del deseo —colores que a la tentación orientan, pieles de una ardentía sonsacadora, olores que abren los apetitos venéreos, sonidos emitidos para seducir, mil saboreamientos. Artesanamente, femeninamente, Scherezada monumentaliza el placer. Andamiajes de sus noches son el placer de fantasear, el placer de agasajar, el placer de existir, el placer de contar cuentos; andamiajes, estrategias, armas de sus batallas contra Tánatos. Trébol de cuatro hojas: las ejercitaciones del placer indultan a la esclava. Trébol milagroso: el contar placentero eterniza a la relatora.

Sin embargo, el reconocimiento de Scherezada como la madre de los cuentistas, la celebridad que en el orbe literario disfruta, no han precipitado una corriente que la tome como modelo o referencia, como punto de partida para un nuevo arte de contar. Tanto así que la literatura que afina en el gozo y la delicia, la literatura que contenta el ánimo, la literatura placentera, escasea a lo largo de los siglos. Fuera de esa intensa, aunque fragmentaria, explosión sensorial que se llama *El satiricón*, fuera de los éxtasis amatorios del *Decamerón* y el aventurar de Don Quijote y Sancho, fuera de las carnavalizaciones de *Gargantúa y Pantagruel* y de las socarronerías de los *Cuentos de Canterbury*,

poca práctica continuada tiene la narrativa que se sustantiva en
el placer, que a éste estima como alta consecuencia.

Por otro lado, la academia, el cenáculo politicoso que cen-
sura cuanto destiende y flexibiliza, el crítico ideático y turbio, el
crítico matriculado en la escuela de Don Quintín el Amargao,
rechazan el placer como el efecto que la literatura debe provo-
car. Para desgracia de ella misma a la literatura se le requiere
didactismo, mensaje redentor, inmersión en los decorados de la
realidad. Y lo que colma la copa, el divorcio de las conductas
destructivas y las edificantes, las retorcidas y las probas. ¡Como
si la humana condición pudiera departamentalizarse así de tos-
ca, maniquea, infantilmente! ¡Como si no hubiera revolución
del presente y reto del futuro, adelantamiento intelectual y fortuna espiritual en el tratro de los placeres!

Sin embargo, aquella misma academia, aquel mismo cenáculo politicoso, aquel mismo crítico ideático y turbio, aquel
mismo discípulo amado de Don Quintín el Amargao, no le solicita
a la literatura que transporte a un estado de feliz, interrogativo,
creador asombro. O que se lance a despachurrar cuanto dogma
sujeta, controla, estupidiza. Tampoco que investigue los por-
tentos de la realidad con una ludicidad aclaratoria, una ludicidad
cervantina. Menos aún exige que la literatura le regale placeres
al lector porque el placer se suele vincular con la superficialidad
de miras y el desquiciamiento ético, con la debilitación del intelecto y la puerilización del raciocinio, con la indiferencia ante
los condenados de la tierra, con la gracia que entontece, con la
escritura sin alma.

Algo parecido ocurre con el humor. Si el artista descarta el
tono trémulo e inflamatorio, a la vez que se inclina a las devas-
taciones del humor, se le recibe con desconfianza, cuestiona el
alcance, pone en cuarentena. O lo regaña el dedo regañón de
Perico El Profundo o lo hiela la sonrisa desagradable de Jenny
Ridiculé, temibles estafermos con presencia activa en todas las
repúblicas de las letras.

(Genio a duras penas édito, dedicado a hacer el mal sin mirar
a cual, cultivador de una escritura cuyo sujeto y predicado ja-

más coinciden en el mismo párrafo, Perico el Profundo amenaza escribir una *Teoría de la Seriedad* contras las falacias que, a propósito del humor, escribieran el Bergson, el Diplo, el Freud, el Tres Patines. Como vive en contra, Perico el Profundo amenaza escribir, también, contra la *ebriedad del pesimismo finisecular,* contra *la prospectiva homosexualización de las juventudes a través de las músicas decadentistas,* contra *los sidaicos.* El increíble *ridiculum vitae* de *Jenny Ridiculé* abulta pues la sabihondísima reclama haber leído los libros que aún no se han publicado. Eminencia del disparate, hermana perdida de Cantinflas, comprometida con el Sacrificio en Primera Clase cuando estalle la Revolución Mundial, los artículos de Jenny Ridiculé profieren una conceptualización que mete miedo: *La pauperización del ideolecto, intrayectado como uniglosia donde el signo bisémico y el elemento metalógico se devoran uno al otro, aunque intertextualiza y descontruye un mito que la sociedad industrial ordena como modelo para los subdesarrollos y las afasias, aunque coordina las entropías y las retrocensura, desacierta su extrapolación en este conjunto poetiforme que hiperfracasa por circunciso el sentido, minus sígnico el formato y nochescente la oscura colisión de ambos.)*

En cambio, al artista se le tiene en altísima estima si se amorcilla con solemnidades huecas y lo ensopan las lágrimas, si lo revienta contra el suelo la *angst* y lo atormentan los complejos, si la rumia por el deterioro corporal lo induce a andar con el espejito a cuestas. Lo que implica que sufrir se considera más propio que gozar, que hacer llorar prestigia más que hacer pensar.

Digo hacer pensar porque el humor espolea el intelecto mientras que el llanto lo aturde. El humor invita al análisis mientras que el llanto lo inhibe entre mucosidades. Además, hay observación penetrante del mundo y su escenología en el humor bueno, hay peligro en su conquista. Tómense, como ejemplo, los desamparos que se hacinan en el rostro de Buster Keaton o los desafíos a la ecuanimidad que articula el cuerpo desarticulado de Jerry Lewis. Tómense, como muestras, las ternezas que destilan los monstruos obesos de Fernando Botero y las perspicacias que chorrean por los monigotes de Mingote. Tómense los pudores insinuantes de la humanoide *Miss Piggy*, los pescozones a las falsas virtudes que propina Moliere, los rejoneos de ese otro humanoide confianzudo, de *Alf.*

Con perdón de los mafalderos excluyo a su petisa favorita de mi seleccionado del humor que especula. Fea y precoz como Jean Paul Sartre, máquina de pensar como Jean Paul Sartre, aventajada en la fulminación del opositor como Jean Paul Sartre, ubicada en la gerencia de las Verdades Absolutas como Jean Paul Sartre. Los parecidos podrían atestar el sinfín. Mafalda, igual que el maestrazo franchute, necesita un suero de crisis ideológica y una emulsión de duda restituyente. El suero y la emulsión la llevarían a calar los ascos de la *Izquierda* con la vislumbre saludable con que cala las chusmerías de la *Derecha*. Izquierdizante o derechoide, la canalla no responde a ideas, responde a intereses. Con las indignidades de la canalla, apellídese capitalista o marxista, puede hornear un bizcochazo el humor que muerde y golpea, el humor que mina todos los púlpitos y sermones engañosos, el humor que no se casa con nadie, el humor que aguarda por Mafalda.

Si desconoce la vida como una carrera a lomo de tigre, a riesgo de caer y morir descuartizado, el humor no merece la atención. Si transige con la escatología y desatiende la moral el humor se queda en los pañales de la gracia. Si ignora la naturaleza humana como un dúo entre el desafío y el susurro, entre la fortaleza y la vulnerabilidad, el humor se reduce a bobería, a superficialidad, a pendejada.

El humor se parece a la puerta que se mantiene entreabierta, convidante. El llanto, a diferencia, se parece a la puerta que abre de golpe y de golpe cierra. El llanto enerva mientras que el humor aviva. El llanto propende a ocultar la cabeza en el hombro ajeno mientras que el humor libra de toda ingerencia emotiva. El llanto exterioriza las debilidades que empujan a las claudicaciones mientras que el humor interioriza la reciedumbre que eventualiza las sublevaciones.

Samuel Beckett, en cuyo teatro el humor arrastra un lastre

de melancolía y proyecta una mueca de conmiseración, tras definir la risa como un sucedáneo del aullido, procede a desglosarla en tres ejemplos representativos: la risa amarga que ríe de lo que no es bueno, la risa de dientes afuera que ríe de lo que no es verdadero, la risa sin alegría que se ríe de lo desdichado. A la producción de alguna de esas risas se consagra el humor cuando se lo practica con la seriedad que el buenazo de Dios manda. Para entendernos de una vez y por todas, una seriedad más acorde con la herejía que con el entretenimiento.

QUINTA PARTE
Documentos de aduana

Retrato en llamas

A Gaspar Encarnación,
por su humanidad profunda.

Apenas si hay voluntad estos días para pronunciar un discurso de graduación. Los acontecimientos ocurridos el año pasado, cuando un grupo de estudiantes humilló la colación de grados del recinto universitario riopedrense, celebrada en el estadio Hiram Bithorn y transmitida por televisión, aún laceran la vergüenza. Botellas de ron y vino paseándose por las bocas que las habían solicitado a inmejorable grito, la niñería de lanzar avioncetes de papel hacia la tarima o el escenario, la *gracia* de exhibir varios rollos de papel higiénico y deleitarse con la implicación, fueron los vistosos *souvenirs* de la jornada.

Los humilladores, dignificados por las simbolizaciones académicas de la toga y el birrete, egresaban del recinto universitario puertorriqueño más antiguo y prestigioso, arriesgado en las artes, vanguardista en las ciencias, combativo en la política. Los humilladores protagonizaban la ceremonia de conjunto que emociona más a la sociedad puertorriqueña. Una sociedad ayer no más pobrísima, hoy pobre y clasemediera en su mayoría, por lo tanto confiada en la redención económica que potencia el diploma universitario. La muy estimada ceremonia, las simbolizaciones de la toga y el birrete, el recinto universitario más antiguo y prestigioso, fueron humillados por el comportamiento, zángano y cafetinesco, de un grupo de estudiantes. ¡Con el realismo del chusmacolor se televisaron, a todo el país, las humillaciones y los insultos!

La torpeza de hacinar miles de personas en un estadio deportivo, un mediodía de verano caribe, explica, sólo en parte, el comportamiento desordenado de los estudiantes; torpeza tentar la histeria colectiva y desestimar los impulsos irracionales de la multitud; torpeza de las autoridades universitarias que muestran desconocer el país *verdadero* donde radica la universidad que administran.

Para contradecirme, asentir a la duda como principio, pregunto si existe un país puertorriqueño *verdadero*. Lo hago, además, en ánimo de sacarlos a ustedes de las casillas y hacerles perder el paso con mi repliegue en la contrainterrogación fiscal.

¿Cuál es el país puertorriqueño *verdadero?* ¿El que se complace en la endemoniada vocinglería citadina o el que lo ilusionan las silenciosas colinas de Jájome o los páramos beatos de Costa Bermeja? ¿El que se sume en los pantanos de la narcosis o el que reza en el chinchal místico del hermano Crucito? ¿El emprendedor que deja las tiras de pellejo en el trabajo o el que recibe los *food stamps* hasta en sueños? ¿El de la afabilidad correcta y obsequiosa o el de la criminalidad ascendente? ¿El que entiende la caridad como *fashion show* donde vestir a todo trapo o el que hace el bien desde el anonimato? ¿El populachero que chacotea en el *Festival del Guanime* o el elitista que sucumbe al trance cuando actúa el *Taller de Histriones?*

¿O será el país puertorriqueño *verdadero* una entelequia, un sofisma, el reclamo de una imposible esencia?

Día a día, al rostro hecho de rasgos que singularizan lo puertorriqueño, se sobreimpone el rostro hecho de gestos que modifican aquella singularidad. Día a día, el país puertorriqueño *verdadero* desaprueba las teatralizaciones de la ideología; teatralizaciones que los licenciados en la política deformada por el fanatismo confunden con la realidad —*La estadidad es para los pobres, Socialismo o muerte, Puerto Rico es un puente entre dos culturas*. Día a día, el país puertorriqueño *verdadero* altera las prioridades, crea inesperados intereses, se divorcia de las lealtades partidocráticas y desconcierta a naturales y extranjeros con sus virajes norteamericanizantes ayer, puertorriqueñistas hoy, quien sabe cuáles mañana. Día a día, el país puertorriqueño *verdadero* se asquea con la sistemática mentira del *líder*, se *gufea* la superstición del fundamentalista, pone en solfa al gobernante necio, tacha de patibularia la protesta del *cívico* que ve pecado hasta en la sopa en vez de ver pescado y degustar. Día a día, en el país puertorriqueño *verdadero* hace metástasis el cinismo.

Lo que me lleva a desdecirme nuevamente. ¿No será más preciso tildar de cínico y desencantado el comportamiento estudiantil que tildé de zángano y cafetinesco?

El cinismo y el desencanto, junto a un agrio escepticismo, aturden al país puertorriqueño; cinismo, desencanto y escepticismo que sintomatizan una profunda orfandad social. El número escaso o la inexistencia de figuras cuya autoridad arranca del talento y no del poder, del trámite a la luz del día y no del contubernio bajo la mesa, del compromiso con el bienestar general y no del compromiso con el propio beneficio, de la búsqueda de soluciones y no de la pose para los fogonazos de la *Cannon* y la *Kodak,* dan sobrada razón al sentimiento de orfandad.

No, no puede haber voluntad estos días para pronunciar, con beneplácito, un discurso de graduación. Además, los discursos de graduación producen la impresión, en extremo desacertada, de que formulan unas respuestas rotundas, hasta científicas. Y que el pensamiento del discursante no lo estremece una sola hesitación o zozobra. Peor, que su pensamiento o mirada a la circunstancia se atuerca o enchufa a las que se tienen, llana y ridículamente, por grandes verdades. ¡Como si la verdad tuviera más de un tamaño! ¡Como si fuera mensurable y pactante como la mentira!

Pese al chaquetón y la corbata, los zapatos brillados y la poda reciente del bigote, pese a los demás signos de relumbrante seguridad como la pronunciación sin carraspear y el gesto al grano, estoy hecho de precario conocimiento, de insatisfacciones. También son mías las ásperas canciones que, repentinamente, me susurra el otro Luis Rafael Sánchez que conmigo va.

Juro, además, por la memoria del Maestro cuyo nombre honra esta explanada, Aguedo Mojica, que prefiero contemplar, observar, evitar la prédica que suele deformarse en cantaleta. Desconfío, instintivamente, de quien atraviesa, como marino orondo, sin mostrar síntoma alguno de mareo, habladoramente pernicioso, el océano de la propia verba. Los marineros políticos. Los marineros religiosos. Desconfío, instintivamente, de cualquier discurso que sobrepase las quince páginas y los treinta minutos.

Prefiero, sobre todo, frecuentar los agrupamientos menores, distanciarme delególatra, trabar la interlocución de tono cálido, compartir la charla fugaz en el negocio campestre donde no hay ambiente para la parejería.

Prefiero darme gusto en el tú a tú con el sencillo, admirar las sutilezas que recubre la timidez. Bajo el esmerado callarse suelen discurrir las más inesperadas diafanidades. Prefiero, insistentemente, de todas maneras, oír, aprender.

No obstante, para confirmar mi personalidad contradictoria, aquí me tienen inmerso en el estupendo mal rato que supone formular un discurso ante unas quinientas o seiscientas personas. Uno que no desmerezca la ocasión, que no abrume con su densidad.

Más peses que estamos en la costa.

Pese a la tensión y la fatiga que produce saberse observado, atentamente, como pajarraco de grande envergadura; pese a que la hora de la graduación, entre azul y buenas noches, podría estropear el plan del muy puertorriqueño viernes parrandero que ya habrán cocinado algunos graduandos; pese a tanto pese y tanto pesar, tanta pesadumbre y pesadez, he aceptado la invitación de la dilecta rectora del Colegio Universitario de Humacao, Elsa Berríos, a dirigirme a ustedes durante esta jornada tradicional que tanto emociona a la sociedad puertorriqueña, ayer no más pobrísima, hoy pobre y clase mediera en su mayoría. Para aceptar la invitación me he dado tres razones.

La devoción munícipe la primera, el deseo de retornar a la patria chica, a la Ciudad Gris, en la temprana adolescencia abandonada. Un abandono remediado por los regresos periódicos a las calles de Humacao. El Humacao, urbanamente, maltratado. El Humacao, culturalmente, deprimido. Abandono que cura, eso sí, la evocación permanente de los vecindarios proletarios y los recintos de diversión donde transcurrieron mi infancia, mi niñez, mi temprana adolescencia: el Caserío Antonio Roig, la Biblioteca Agripino Roig, la barriada Obrera, la barriada La Maricutana, la Extensión Roig, los cines Oriente y Victoria, el parque de pelota Jacinto Hernández. Y el recordar insistente de la ágora donde se iba a pasear los domingos. Que la plaza de recreo de Humacao, con la iglesia del Dulce Nombre de Jesús al fondo, sintetiza uno de los espacios convivenciales más acogedores del país puertorriqueño —robles de fronda generosa, bancos invitantes al reposo, fuentes de agua, farolas y bombonas, amplios accesos peatonales.

También he aceptado venir por mirar, furtivamente, con el rabo del ojo, la alegría de ustedes; la tensa y la difícil alegría que acompaña la irrupción en los reinos complicados de la adultez. Por arrobarme ante la hermosura conflictiva que reincide, rostro tras rostro, confieso que he venido. Por tropezar, dondequiera atrechan los ojos, con tanto rostro atrapado en la gloria de la juventud.

Condena parece, complaciente castigo: a los veintiuno y veintidós, los veintitrés y veinticuatro años, se es, gratuita, misteriosa, obligadamente hermoso. Y todo arrebol cosmético, toda grasa sombreadora, peca de innecesidad. A los veintiuno y a los veintidós, los veintitrés y veinticuatro años, el rostro porta unos candores que merecen un bolero imperativo y sensualísmo firmado por El Topo o Glenn Monroig. A la juventud carnal, la sazonada por el verso azul, se añade la escolta tumultuosa de las grandes ilusiones. A los veintiuno y veintidós, los veintitrés y veinticuatro años, se desencadenan la libertad y la imaginación, la exigencia realista de lo imposible como dijeron, con otras palabras, los estudiantes parisinos de aquel mayo histórico del sesenta y ocho; se desencadena la terca pasión por la justicia. A los veintiuno y los veintidós, los veintitrés y los veinticuatro años, a la vida se le exige flor y fruto, solución y coherencia.

Además, la hermosura multiplicada que contemplo tiene la impronta memorable de la historia puertorriqueña. Una historia de cruces raciales, ayuntamientos y mezclas conducentes a lo que somos: un país de espíritu y pellejo mestizos, al margen de las estúpidas adscripciones anglicantes y madrepatristas —telarañas en las entendederas de algún puertorricón con la inteligencia en permanente subdesarrollo.

¿La tercera razón? Intentar el contradiscurso. Esto es, recatar mi voz y mi persona y responsabilizarlos a ustedes, los graduandos, del análisis de la sociedad puertorriqueña donde transcurrirán sus días adultos; días que hoy mismo comienzan. Una responsabilidad que redefine aquella hermosura que exalté, que la exonera de ser mera deleitación narcisa. Una responsabilidad en la que concurre un proyecto.

No obstante, para que no parezca que le escurro el cuerpo al bulto, que incumplo, una llave recomiendo para que el análisis proceda. ¿Cuál? El reconocimiento franco del deterioro galopante, el deterioro sin riversa de la sociedad puertorriqueña.

Sociedad insolentada por la frivolidad y los gastos superfluos, los gastos prescindibles, los gastos alegres que, tarde o temprano, entristecen. Sociedad que parece colmarse en el vacío que la llena. Sociedad ultrajada por cuanto recurso le sirve a la violencia. Sociedad victimizada por la violación de un mito: aquel Puerto Rico edénico, aquel Puerto Rico loado en la escuela primaria con canciones paradigmáticas —*Es el móvil océano gran espejo, donde luce como adorno sin igual, el terruño borincano que es reflejo, del perdido paraíso terrenal.* Sólo una ceguera incurable, sólo una sordera desahuciada por los médicos llevaría a definir el Puerto Rico de hoy como *reflejo del perdido paraíso terrenal,* sólo una licencia poética emitida en el averno.

Entre las llamas de un fuego devastador se consume el muy próspero país puertorriqueño, entre los ardimientos imparables, entre los desvelos quemantes que son el *Pan Nuestro.* Ese fuego devastador lo aviva la interminable garata nacional a que se rebajan nuestras discrepancias; la garata, la grita, el desbocado bochinche, la demagogia, la neurastenia. En fin, una guerra civil sin declarar.

Del desperdicio de la única vida en la grita y la garata, la demagogia y la neurastenia, el desamor y la frivolidad; de la traición a la propia inteligencia por el abrazo al vergonzante chisme, tiene que responder cada cual. Ya sea en la habitación, sin término, de la conciencia. Ya sea en la habitación, con paredes, de la realidad. Ya sea en los permisos que la conciencia le otorga a la realidad para aliviar la culpa o activar la esperanza.

Jurar lealtad a la esperanza en medio del sinsabor, del deterioro parece un buen remedio inicial. Pues un poco de esperanza, si sensata, no hace mal. Hay que activar la esperanza en este empobrecido puerto que se llama Puerto Rico. Hay que armarse de esperanza y cortarle el paso al miedo. Hay que salvar la esperanza o acabaremos instalándoles rejas a nuestros corazones.

¿Hipérbole? ¿Gratuito homenaje a la paranoia? ¿Rebaja del país puertorriqueño que fue encanto y edén según el gran bardo? ¿Interpretación de la isla como una próspera fábrica de horrores? ¿Borrachera de pesimismo? No, desgraciadamente. Un *no* que complica el destino de quienes, como ustedes, entran en los reinos difíciles de la adultez. Un *no* que dificulta aquella juventud hermosa que exalté unas páginas antes.

Antes hablé de la desilusión causada por aquellos acontecimientos ocurridos el año pasado cuando un grupo de estudiantes humilló la colación de grados del recinto universitario riopedrense. Antes hablé de los países que conviven en nuestro país. Antes hablé de la pertinencia de la ilusión y el sueño durante la edad dorada. Antes hablé, en fin, de la ocasión y la memoria. Me faltó hablar del proyecto.

A la memoria volveré otro día, en otro lugar me imagino; a la memoria encargada de vigenciar el pasado, destenebrecerlo. Mas, sin dar lugar a la nostalgia ni a la resurección de lo enterrado. Que hay un tiempo para vivir y otro tiempo para morir, un tiempo para rejuvenecer con fuerza y otro tiempo para envejecer con gracia, un tiempo para hablar y un tiempo para callar, suavemente.

Al proyecto voy ahora pues quiero ser leal a mi instintiva desconfianza en aquellos discursos que sobrepasan las quince páginas y los treinta minutos. Voy al mismo somera, sumariamente.

Ojalá que en la agenda que sus vidas inauguran esta noche destaque, como proyecto agilizado por la juventud que en ustedes se satisface, el enfrentamiento a las preguntas que, como rosario de angustias, se escuchan dondequiera. ¿Qué le pasa a este país nuestro que, minuto a minuto, se acuchilla, se tirotea, se desangra, se despedaza? ¿Cuáles caminos de perdición condujeron a este interminable descalabro? ¿Habrá que concluir que el país puertorriqueño *verdadero*, aquel que flota como un cadáver lírico en la imaginación procelosa de los trovadores, agotó su salud moral en la azarosa empresa de la modernidad? ¿Deberá concederse que el país desbordó su posibilidad de redención social en la maniatadora aventura colonial?

Más interrogaciones sin paños tibios se requieren, más respuestas claras se necesitan. Y urgen las negativas a conformarse con un país de progresiva momificación intelectual; un país donde la reflexión pública se achanta, las costumbres se afean y moribundecen los deseos de una vida, razonablemente, digna.

La otra alternativa será canturrear, todos juntos, con el acompañamiento de un policía, un *pit-bull*, un vigilante, un soldado, la fracasada, siniestra, pegajosa melodía cuya letrilla dice —*Yes, this is el verdadero Puerto Rico, Míster.*

Nuevas canciones festivas para ser lloradas

A José Ferrer Canales, por su decencia.

Cuantas veces llego a un país extranjero me asombra la rapidez con que el inspector de aduanas tacha la declaración de mi nacionalidad puertorriqueña y sobreimpone las siglas *U.S.A.* Para el inspector de aduanas el hecho no tiene la menor importancia como repite Arturo de Córdova, película tras película. Cumple él un trámite burocrático de manera inopinada y casual. Para mí, en cambio, sí la tiene. Por eso, tercamente, cuantas veces llego a un país extranjero y formulo el permiso de entrar, declaro *Puertorriqueña* en el apartado de la nacionalidad a sabiendas de que el inspector de aduanas avanzará a negarlo mediante una tachadura sobre la cual impondrá las siglas U.S.A.

No hay universo como aquel que sangra poemó Pablo Neruda con una sobrecogedora racionalidad. Y desde el cautiverio en Reading, donde pagaba con cárcel la frecuentación del amor que no se atrevía decir su nombre, Oscar Wilde concluyó, rencoroso y a punto de alucinar —*El dolor es un instante infinito.*

Durante un instante infinito el dolor me ofusca, mi cerebro anfitriona la indignación, siento que sangra mi universo. Durante un momento, muy largo, no me libero de los resentimientos ni dejo de mirar hacia atrás con ira ni hacia adelante con desvelo, tensión.

Aclaro que el dolor y el resentimiento no son emociones de mi exclusivo derroche. Miles de puertorriqueños las padecen. Aunque, a fuerza de costumbre, sonríen helada y sombríamente. La sonrisa apenas si dura pues el inspector de aduanas llama la persona próxima en la fila. Y el puertorriqueño —cualquiera de los miles aludidos— se dirige a buscar las maletas, con el azoro quemándolo, alterado con el tramo histórico en que transcurre su única vida, sacudido por la muda destemplanza. O a la total inversa. Es decir, repleto de soberbia camina el puertorriqueño a buscar las maletas, con tranco agigantado, flotante entre mares de optimismo, satisfecho con el *ascenso* a norteamericano. Sobre todo, agradecido por el huracán de favores que le otorga una multiestrellada Providencia con cielo sucursal en Washington. Pues en el apartado donde informar la nacionalidad escribió, con letra atronadora y fluorescente, *U.S.A.* Miles de puertorriqueños disneylandizan esa mutilación. Miles se precipitan a corregir al inspector de aduanas si pregunta —¿*Puertorriqueño?* cuando reconoce al renegado en la persona que esgrime el pasaporte norteamericano cual si fuera el azote de Dios. Con quisquillosidad porcentual cacarean —*Americanos ciento por ciento.* Con trino fundamentalista entonan —*Americanos hasta la muerte.* Con aires tomados en préstamo al caballero Nostradamus profetizan —*Americanos tras la resurrección.*

El gentilicio reduce lo americano a lo norteamericano. La reducción contiene, además del lapsus geográfico, un juicio despectivo sobre la América innombrada, la América descalza, la América en español. Y a los soñadores de pueblos que alentarían otra americanidad —Simón Bolívar, José Martí, Eugenio María de Hostos, se los traga la selva del olvido. Y los esplendores de la América innombrada, la América descalza, la América en español, los tritura una poderosa máquina de yanquizar.

Sépase que los miles de puertorriqueños que disneylandizan la mutilación no son los únicos expuestos a la violencia que, continuamente, desata la pregunta sobre su vivir y ser. También los miles de puertorriqueños que sonríen, helada y sombríamente, cuando observan la reescritura de su nacionalidad se enardecen ante las preguntas que se suceden como fuego artillero.

Pero, ¿acaso los puertorriqueños no son norteamericanos? Pero, ¿no son una misma cosa el puertorriqueño y el norteamericano? Pero, ¿no es cierto que los puertorriqueños son de los norteamericanos? Pero, ¿se mandan ustedes o los mandan los gringos? Pero, ¿cómo se habilita una nacionalidad a la que le falta la sanción de la ciudadanía?

Por otro lado, aunque la urbanidad se abandone y la zafiedad se patrocine, al inspector de aduanas hay que mandarlo a los Jardines Colgantes del Carajo si comenta, lleno de gracia como el Ave María —*¡Usted es puertorriqueño! ¡Yo vi West Side Story con Natalie Wood!*

2

Frente a tanto desgarro y tanto equívoco, tanto tirar y halar infinitos, tanta desvirtuación pronta a cumplir un largo siglo, tanta inimaginable coartada, se debe afirmar, a boca llena, que la proeza mayor que realiza un puertorriqueño consiste en ser puertorriqueño y quererse y afirmarse como tal.

Puertorriqueño a quien no lo enamora la apostilla —*Puerto Rico es mi patria pero Estados Unidos de Norteamérica es mi nación.* Puertorriqueño a quien no lo seduce la zarzuela del madrepatrismo. Puertorriqueño aspirante a que su país, Puerto Rico, sostenga una relación fraterna con los Estados Unidos de Norteamérica, con España, con Iberoamérica, con cuanta antilla se nombra, con el mundo restante. Puertorriqueño que reconoce el legado de Abuela Africa a la mitad de la población— el pelo grifo, la nalga erguida, la nariz aplastada, su poco de bemba colorá. Puertorriqueño del hablar dulce y cadencioso, el hablar expresivo del antiguo amor entre las negras mandingas y los peninsulares retóricos.

Más aún, puertorriqueño colmado por los fastos del idioma español que él subvierte con giros originales; idioma español en que el puertorriqueño escribe, canta, llora, reza; idioma español que le escolta las emociones y le atarea el intelecto, le permite el vuelco equitativo en el relajo y el recogimiento, lo autoriza a reclamarse como natural del Caribe hispánico.

En conclusión, puertorriqueño a quien le basta y le sobra existir como puertorriqueño. Puertorriqueño sin más. Puertorriqueño y punto.

3

Aunque cuando se dice *Puertorriqueño y punto* miles de puertorriqueños reaccionan con morisquetas y arqueos de cejas. Reversamente, dichos puertorriqueños reaccionan con monerías zalameras cuando se mienta al *americano*. Por lo uno y por lo otro el país puertorriqueño se divide en mitades irreconciliables. Una la integran los puertorriqueños y punto. Otra la integran los puertorriqueños y coma. Con las disparidades del punto y de la coma se puede trazar un esbozo caracterológico.

Una mitad reduce la nacionalidad puertorriqueña a mero expediente que valida o invalida el congreso norteamericano. La otra mitad apuesta por la sanidad de la gestión propia. Una estremece los postulados de la genética con la declaración de un norteamericanismo presente ya en los gametos. La otra defiende un sentir y un pensar puertorriqueños. Una se justifica en la historia que no pasa en balde. La otra se justifica en los baldíos de la historia. Una blasona que la bandera a ondear en Puerto Rico debe ser *la americana*. La otra ataja que la bandera a ondear en Puerto Rico debe ser la puertorriqueña. Una parafrasea la afirmación del Presidente Eisenhower—*Si es bueno para los Estados Unidos de Norteamérica es buenísimo para Puerto Rico*. La otra respalda una trayectoria independiente o autonómica, saludable y equilibrada, opuesta a la deformación ideocrática propulsada por los locos que acechan desde la extrema derecha y los locos que acechan desde la extrema izquierda. Los perturbados nietos de Adolfo Hitler. Los perturbados nietos de José Stalin.

Ni mimética ni epigonal, la trayectoria se basa en la experiencia puertorriqueña y se robustece con las prendas que el país arrancó a aquel imperio que lo contuvo y a este imperio que lo contiene, después de derramar mucha lágrima, después de sufrir mucha pravedad y mucha expoliación.

¿Cuáles son tales prendas?

Por un lado el acatamiento gustoso de la organización democrática y el mercado que compite, el crecimiento individual, la tolerancia a la disensión, el derecho constitucional al libre agrupamiento de cualquier minoría política, racial, religiosa y sexual. Por el otro lado, la singularidad étnica cuatrisecular y el idioma histórico del puertorriqueño aunque el inglés le sirva como idioma circunstancial; el idioma español que, caribeñizado y peleándole a las interferencias de la lengua inglesa, acarrea las inconformidades y los alivios, las alegrías y las tristezas de Puerto Rico.

4

Pocas literaturas reflexionan sobre la nacionalidad, con tantas vehemencia y entrega, como la puertorriqueña. Pocas se dedican, tan arrojadamente, a la interrogación desmandada y fiscal del país que la autoriza. Pocas intentan dilucidar, con tantos entusiasmo y drama, los agobios y los fragores cotidianos. Pocas se exponen, tan peligrosamente, a los maleficios de la *insularidad mental*. Por ello los asuntos que la literatura puertorriqueña trabaja, los personajes que da a luz, los temas que privilegia, se subordinan a los atamientos y las incongruencias que la isla experimenta como colonia norteamericana.

¡Divina colonia ésta que se llama Puerto Rico! ¡Divina colonia ésta donde se venera a Nuestra Señora del Despilfarro! El presentismo y la materialidad cuentan, aquí, con más fieles que el crucificado Jesucristo. El presentismo y la materialidad tienen como precepto la acumulación enfermiza de trapos y de zapatos —la maldición por redimir de Imelda. ¿Puede extrañar, entonces, que la literatura puertorriqueña combata los atamientos e incongruencias coloniales? La de siempre, la que repercute en el arte novelístico de Manuel Zeno Gandía y las ficciones cautivantes de René Marqués, los versos incendiarios de Juan Antonio Corretjer y la poesía enorme de Julia de Burgos, las fabulaciones estupendas de Emilio Belaval. Y la que, ahora mismo, se destila en el acto creador de las figuras maduras y magisteriales, Abelardo Díaz Alfaro, Emilio Díaz Valcárcel, José Luis González, Enrique Laguerre, Francisco Matos Paoli, Pedro Juan Soto.

¡Divina colonia ésta que se llama Puerto Rico! ¡Divina colonia ésta que tiene por alcahueta a Nuestra Señora de los Cupones! La educación para la dependencia comienza en el *kindergarten*. La educación para la dependencia produce un patriotismo de dieta, un patriotismo *sweet and low*. ¿Puede extrañar, entonces, que la literatura puertorriqueña sirva, tras engrosar los bienes de la fantasía, de embajadora de una nación que no tiene embajadas mientras rescata la historia marginal y periférica que la historia oficial suprime o mal interpreta?

¡Divina colonia ésta que se llama Puerto Rico! ¡Divina colonia ésta que tiene por intercesora a Nuestra Señora del Ay Bendito! La compasión al mediocre se ejercita, aquí, con mayor devoción que el respeto al competente. Los proyectos del zángano se examinan, aquí, con superior interés al que ameritan las realizaciones del eficaz. La divina colonia que se llama Puerto Rico alterna como cementerio de principios, lapachero político y santuario del oportunismo. ¿Puede extrañar, entonces, que la violencia tematice la literatura puertorriqueña más actual? La tematice, la matice, la obsesione.

5

Un *tour* procede, ahora, por los titulares de esa violencia que intimida el cuerpo puertorriqueño y agravia su espíritu, *tour* a iniciarse después de efectuar dos advertencias. La primera —despréndase de cualquier prenda pues el ladronazo cunde. La segunda —evite tropezar con los cadáveres.

A continuación se ofrece una lista abreviada de los titulares.

El asesinato político del Cerro Maravilla y la sostenida ocultación del mismo por el gobierno de derechismo petulante que encabezó Carlos Romero Barceló. El fuego criminal del hotel Dupont. Los asesinatos cometidos por la cúpula policial prevaricadora al mando del siniestro Alejo Maldonado. La zafra de robos a los bancos. La guerra a tiro limpio entre los pejes chicos que trafican con *crack*, marihuana, cocaína. El *car-jacking* que comete el narcómano desesperado o el infeliz a quien el desempleo irregula. Los insultos excrementicios que se lanzan desde los automóviles. La extendida negativa a hacer fila o esperar el turno. El aturdimiento de los sentidos por los merengues que reducen el sexo a porquería —*Abusadora, Filete, Chu pa arriba Chu pa bajo, Pónmelo ahí que te lo voy a partir, Mami ¿qué será lo que quiere el Negro?*

6

Del asesinato político a los asesinatos pagados por la *Coca Nostra.* De la puntillosa labor piromaníaca que arruina el hotel Dupont al rechazo del orden convivencial manifiesto en el basurero que parecen nuestras calles. Del ejército de niños mal tratados al martillazo con que el marido ultima a su mujer en la confianza de que saldrá absuelto. De la ocupación de los residenciales y los caseríos por la Policía Insular y la Guardia Nacional al tratamiento con guantes de seda a los coqueros y los tecatos de la *high class.* De los rateros analfabetos a los ladrones honorables— senadores, banqueros, alcaldes, *the best of the crop.*

¡Cuánto aciago desbarajuste! ¡Cuánto charlatán a cargo! ¡Cuánta tragedia padeciéndose en suelo tan escaso! Aunque la tragedia se diluya en las formas menospreciables de la garata y el bochinche. Pues a la sociedad puertorriqueña contemporánea le sobran insulsez y mojiganga y le faltan gravedad y ponderación, le sobran disgusto y miedo y le faltan buen gusto y serenidad.

Lo apuntado lleva a preguntar si puede, realmente, extrañar que la literatura puertorriqueña actual mude dichas tragedia y garata, dichos bochinche y desbarajuste, a los predios del humor desencajado. Pues sólo las fabricaciones del humor indomable castigan tanto desorden, corrupción e injuria. Pues sólo con la carcajada hervorosa se ridiculizan y deshonran la desfachatez y la impostura.

Por desencajado, ese humor se aparta del absurdista que epitomizan la *Alicia* de Lewis Carroll, el *Ubú* de Alfred Jarry y *La cantante calva* de Ionesco. Por callejero, ese humor se aleja de las angustias que detallan los guiones de Woody Allen y las novelas de Philip Roth—*Yo soy yo y mi jodía culpa.* Por amenazante, ese humor se diferencia del irónico que arropa las obras de Salman Rushdie y Augusto Monterroso. Por anarquista, ese humor desagrada, irrita y ofende. Desencajado, callejero, amenazante, anarquista humor; humor *made in Borinquen,* que se lumpeniza y acochina para contra atacar.

Y antidogmático. Hasta el extremo de mentarle la madre a la derecha mamarrachista, la derecha que advierte—*Al cielo iremos quienes somos amigos personales de Dios.* Y antipompático. Hasta el extremo de mearse en las grandilocuencias de la izquierda irrisoria, la izquierda que augura— *El día que la mierda valga plata los pobres nacerán sin culo.* Y propuesto a romper con los respetos antes que los respetos lo apoquen, ablanden, domestiquen.

7

Puerto Rico burundanga exclama Luis Palés Matos como verso recurrente del poema *Canción festiva para ser llorada.* No se trata de un verso amable con huella preciosista de Rubén. Tampoco un verso que halaga a quienes suspiran porque la literatura se florezca de nenúfares y sobrevague como la hipsipila que dejó la crisálida. Tampoco enmienda la opereta de los *helenos* y los *arios* borincanos que se agrecan la nariz con el palillo de sujetar ropa lavada y se estiran la *pasión* con la peinilla caliente y se privan del sol porque percude; *helenos* y *arios* que refutan la africanía como mitad del fundamento racial puertorriqueño.

Pero, en el humor zafio que contiene el verso *Puerto Rico burundanga,* en el humor de fonda y fiambrera con que el poeta nomina el plato que aporta la nación puertorriqueña a una alegórica minuta antillana, parecería que encuentran unos cuantos escritores de la actualidad la sugerencia para *leer* la nación con otros ojos y analizarla con otros criterios. Por ende, para hacer una literatura correspondiente con estos tiempos convulsos, estos tiempos burundangos; literatura decidida a entonar unas nuevas canciones festivas para ser lloradas.

Herramientas de aquella lectura y aquel análisis serán los actos y los gestos a que la palabra *burundanga* inclina, los matices de revolcamiento e impureza que la palabra *burundanga* contiene, las vibraciones de mulatosidad y cuarteronería que la palabra *burundanga* emite, los matices de caos irresuelto que la palabra *burundanga* tolera.

Herramientas de esa edificación literaria serán, por tanto, la procacidad, la desorbitación y la guachafita.

Afín con el hallazgo dichos escritores cuestionan la dimensión política de la literatura engolada. Afín con el hallazgo dichos escritores rechazan la muerte, al numantino modo, como la contestación a la encerrona de siglos y el acoso debilitador padecidos por el país puertorriqueño; muerte, al numantino modo, que transcurre entre las alas elevatrices del fuego y discurre hacia la necrofilia en los trabajos canónicos de René Marqués.

Las nuevas canciones festivas para ser lloradas combaten la propuesta de la muerte inmoladora con la propuesta de la vida a como dé lugar. Esto es, entre la perfección de la muerte y la vida defectuosa, eligen la segunda. Transgresoras, las nuevas canciones festivas para ser lloradas ponen en circulación los temas y los asuntos, las actitudes y los vocablos que La Cultura de Adorno y La Inteligencia Oficial tuvieron siempre por intratables, por vulgares, por soeces. Imaginativamente, las nuevas canciones festivas para ser lloradas esperpentizan el agringamiento, reciclan el feísmo e insertan el elemento cocolo en el tapiz de la ficción.

8

El país puertorriqueño, pese a la encerrona de siglos y el acoso debilitador, conserva el pellejo duro. Huesos imposibles de roer parecen su temperamento efusivo y su jocundidad inconfundible, parecen azabaches bruñidos *recetados* por Changó.

El país puertorriqueño, pese a las trampas, los culipandeos y los cruces direccionales, se singulariza por el desenfado y la risotada. Su carácter colectivo pregona una alegría que lo afirma y singulariza. Si por ahí anda el país por ahí anda ladrándole, rastreándolo, su literatura provocadora y arriesgada. Aunque la provocación y el riesgo hieran la sensibilidad bobalicona de Los Carcamales Finos y alarmen la moral farisea de La Polilla Ilustre.

Un macrotexto elaborado con *molto fuoco* y *tempo maestoso* integra las nuevas canciones. Parecen, a veces, caricias. Parecen, a veces, bofetadas. Las nuevas canciones defienden el *vivir sin vergüenza de vivir feliz* exaltado por el sonero Héctor Lavoe. Las nuevas canciones denuncian la vida cuando se comporta como Bruja Cabrona, como Bruja Mala.

Cantan las nuevas canciones festivas para ser lloradas los poemas del amor selval que firma Angela María Dávila y las décimas de suntuosa ortografía rota que compone José Ramón Meléndez. Las cantan los amores truculentos que abonan la poesía de José Luis Vega y el negrismo que asume la de Mayra Santos. Las canta el tronío que retumba por los poemas de Pedro Pietri y la riqueza del teatro pobre de Pedro Santaliz. Las abachatan la prosa, liberada hasta el descaro, que ensaya Ana Lydia Vega y los monólogos narcotiles que despeja Juan Antonio Ramos. Desfilan por las fábulas patricias con Ponce al fondo que elabora Rosario Ferré, las crónicas regocijadas en la sombriedad de Edgardo Rodríguez Juliá y el barroco arrabalero que instituye Carlos Varo. Se solapan tras las sonrisas dudosas que modulan los relatos de Magaly García Ramis, las tensiones familiares que encadena la cuentística de Edgardo Sanabria Santaliz y las memorias lenguaraces de José Luis Colón Santiago. Las deletrean la urticante narrativa de Carlos López Dzur, los versos con malignidad chispeante que propone Juan Manuel Rivera y los sainetes con viso de esperpento que escribe Carlos Ferrari. Las certifican los periplos fantasmagoriales que realizan los textos de Tomás López Ramírez y el descoco que ronca por la escritura maldita de Manuel Ramos Otero. Las sensualizan las novelas erreccionales de Mayra Montero.

¿Podré negar que mi *Guaracha* y mi bolero de Daniel participan del rastreo de la nación que sobrevive junto a la risa florecida de amargura?

Sí, de escudera de la tristeza y aya del llanto se emplea la risa en la nación puertorriqueña. Risa que no pacta. Risa que viaja de la levedad al peso, de la turbiedad a la limpidez. Risa que se lumpeniza y se acochina para contra atacar. Risa que la vida le toma en holgado préstamo a la literatura: con el mismo color rosado escandaloso que maquilla a la protagonista del cuento *Milagros, Calle Mercurio* de Carmen Lugo Filippi, un fulano escribe en un transitado puente de San Juan —*Ahora las putas al poder, Que ya sus hijos están en él.*

¡Cuántos disfemismos restalla el pueblo puertorriqueño contra la ordenación política arruinada! ¡Con cuánta bofetada, sin mano, castiga el empaque que carece de sustancia! ¡Cuánta diana de risa iracunda se oye en la Isla del Encanto!

Nadie dude que esa forma de ser, mal entendida o super-ficializada por la opinión repentista o el trato improvisado, re-vierte a un pasaporte alterno que lo discrimina la legalidad pero lo legaliza la justicia poética. Nadie dude que la fiesta que arde por las nuevas canciones festivas para ser lloradas remite a una auténtica sedición intelectual. Nadie dude que la facilidad con que el puertorriqueño junta la tristeza y su medicina revela un carácter diferenciado e inasimilable; un carácter que no cede ante la más poderosa máquina de yanquizar.

También por lo uno y por lo otro, tercamente, cuantas veces llego a un país extranjero y formulo el permiso de entrar, declaro *Puertorriqueña* en el apartado de la nacionalidad a sabiendas de que el inspector de aduanas avanzará a negarlo mediante una tachadura sobre la cual impondrá las siglas *U.S.A*

SEXTA PARTE
Fichero

Hoja de vuelo*

1. *La guagua aérea* se leyó, por primera vez, en la Universidad de Rutgers durante el congreso *Imágenes e identidades: el puertorriqueño en la literatura* celebrado entre el 7 y 9 de abril de 1983. La lectura estuvo a cargo del autor. El periódico *El Nuevo Día* de San Juan, Puerto Rico, publicó el texto en la edición dominical del 25 de septiembre del 1983 con ilustraciones de José Luis Díaz de Villegas. El semanario *The Village Voice* de Nueva York publicó la traducción de *La guagua aérea*, hecha por Diana Vélez, en el número correspondiente al 24 de enero del 1984. El pintor Antonio Martorell convirtió el texto de *La guagua aérea* en el núcleo central de su exposición *La casa de todos nosotros* efectuada en el *Museo del Barrio* de Nueva York entre los meses de enero y marzo del 1993. La película *La guagua aérea* del cineasta puertorriqueño Luis Molina, basada en el texto del mismo nombre, con guión de Cristina Díaz y Juan Carlos García, se estrenó la noche del viernes 6 de agosto de 1993 durante un vuelo de Puerto Rico hacia Nueva York de la línea *Tower Lines*. Al día siguiente se llevó a cabo la premiere pública de la misma en el *Metropolitan Museum of Arts* de la ciudad de Nueva York.

2. *El cuarteto nuevayorkés* se publicó en la revista española *Cambio 16* el 22 de febrero del 1993.

3. *Preguntan por Ruth Fernández* se publicó en el periódico *El Nuevo Día* de San Juan, Puerto Rico, el 10 de abril del 1993.

4. *Las señas del Caribe* se publicó en el periódico *El Listín Diario* de Santo Domingo, República Dominicana, el 17 de enero del 1993. Con traducción al inglés de Alfred MacAdam se publicó en el número de otoño del 1993 de *Review: Latin American*

Literature and Arts.

5. *Los velos del descubrimiento* se publicó en el periódico *El Nuevo Día* de San Juan, Puerto Rico, el 12 de octubre de 1992.

6. *La generación o sea* se publicó en el semanario *Claridad*, de Río Piedras, Puerto Rico, el 23 de enero del 1972.

7. *Roma, ciudad de Moravia* se publicó en el periódico *La Epoca* de Santiago de Chile el 7 de julio del 1991.

8. *En busca del tiempo bailado* se publicó en el periódico *ABC* de Madrid el 4 de enero de 1990.

9. *En la cárcel de la normalidad* se publicó en el periódico *El Mundo* de San Juan, Puerto Rico, el 23 de diciembre de 1981.

10. *La fatal melodía del azar* se publicó en el semanario *Claridad* de Río Piedras, Puerto Rico, el 6 de diciembre del 1975.

11. *Venezuela suya* se publicó en el semanario *Claridad* de Río Piedras, Puerto Rico, el 4 de noviembre del 1973.

12. *Mandela o el fin del siglo* se publicó en el periódico *El Diario-La Prensa* de Nueva York el 18 de febrero de 1990.

13. *Los lujos de la memoria* se publicó en el periódico *El Nuevo Día* de San Juan, Puerto Rico, el 1 de junio del 1991.

14. *Los festejos del poeta* se publicó en el periódico *El Nacional* de Caracas, Venezuela, el 29 de marzo del 1992.

15. *Letras para Octavio Paz* se publicó en el periódico *El Nuevo Día* de San Juan, Puerto Rico, el sábado 13 de octubre de 1990.

16. *El amargo placer de Tiempo muerto* se publicó en el periódico *El Mundo* de San Juan, Puerto Rico, el 16 de febrero del 1984.

17. *La honestidad como provocación* se publicó en el periódico *ABC* de Madrid el 19 de diciembre del 1987.

18. *El otoño del patriarca o el escritor como peso completo* se publicó en el semanario *Claridad* de Río Piedras, Puerto Rico, el 7 de junio del 1975.

19. *Joserramón Melendes o las décimas de la rebeldía* se publicó en el semanario *Claridad* de Río Piedras, Puerto Rico, el 27 de octubre del 1978. Posteriormente, en enero del 1983, se incorporó a la segunda edición del libro *Desimos desimas* en calidad de prólogo.

20. *Vargas Llosa o el arte de leer* se publicó en el periódico *El Mundo* de San Juan, Puerto Rico, el 15 de julio del 1982.

21. *Entre el lienzo y la caricia* se leyó como presentación del libro de Antonio Martorell *La piel de la memoria* en un acto celebrado en la *Americas Society* de Nueva York el 22 de octubre del 1992.

22. *Rumba de salón* se publicó en el diario *Página Doce* de Buenos Aires el 6 de septiembre del 1992

23. *Retrato en llamas* se leyó durante los actos de graduación del Colegio Universitario de Humacao celebrados el viernes 10 de junio del 1988. Se publicó en el periódico *El Nuevo Día* de San Juan, Puerto Rico, el 13 de junio del 1988.

24. *Nuevas canciones festivas para ser lloradas* se publicó en el periódico *El Nuevo Día* de San Juan, Puerto Rico, con ilustraciones de José Luis Díaz de Villegas, el día 15 de abril del 1984.

* *Todos los textos han sido re-examinados.*

Personal en tierra

Arzeno Brugal George
Arzuaga Pedro Juan
Barradas Efraín
Campa Radamés de la
Colón Eliseo
Curet Alonso Tite
Chang Raquel
Díaz Manolo
Faría Edith
Gómez José Félix
Lago Eduardo
Millán Alida
Montero Mayra
Muñoz Alga
Negrón Orlando
Nuez Manuel de la
Ortega Julio
Otero Manuel
Ortiz Niza
Ortiz Tirado Sofía
Peláez José A.
Reyes Sandra I.
Saavedra Guillermo
Sánchez Elba Ivelisse
Trigo Tió Enrique
Vázquez Arce Carmen
Vázquez Desireé
Villafañe Miguel

Equipaje facturado

Abusadora
Agostino
Alfabeto para analfabetos
Alicia en el país de las maravillas
Amantes antípodas
Anamú y manigua
Animal farm
Apostillas al Nombre de la rosa
Aquellos tiempos
Ardiente suelo, fría estación
Bajo los efectos de la poesía
Balada de la cárcel de Reading
Biografía de un cimarrón
Blancanieves y los siete enanitos
Boquitas pintadas
Breviario de podredumbre
Calígula punk
Call me Madam
Canción festiva para ser llorada
Cántico espiritual
Canto de la locura
Cantos
Caracas urgente
Cárcel de amor
Castigo divino
Cats
Cementerio marino
Cien años de soledad
Citizen Kane

Como agua para chocolate
Comportamiento sexual del venezolano
Confesiones de una máscara
Contracanto a Walt Whitman
Conversación en La Catedral
Coplas a la muerte de su padre
Correspondencia de Oscar Wilde
Corriente alterna
Cuadrivio
Cuando quiero llorar no lloro
Cuentos de Canterbury
Cuentos romanos
Chu pa arriba, Chu pa abajo
Decálogo del perfecto cuentista
Desconstrucción de Sor Juana
Desimos désimas
Después de la caída
Diario de Colón
Diatriba de amor contra un hombre sentado
Diosa, las vidas secretas de Marilyn Monroe
Don Quijote de la Mancha
El album de familia
El amante
El amor en los tiempos del cólera
Elegía al Duino
Elegías
El conformista
El cuarteto de Alejandría
El decamerón
El efecto de los rayos gamma sobre la flor maravilla
El engaño
El josco
El labertinto de la soledad
El llamado
El otoño del patriarca
El precio

El rey Ubú
El satiricón
El soldado Miguel Paz y el sargento José Inés
El tambor de hojalata
El valle de Collores
En este país
En una ciudad llamada San Juan
Entre Sarte y Camus
Escrito en puertorriqueño
Esperanza inútil
Filete
Finding the Centre
Fragmentos de la eternidad con Marilyn
Gabriela, clavo y canela
Gargantúa y Pantagruel
Guernica
Gypsy
Hacia una poética de lo soez
Hasta no verte, Jesús mío
Historia de la vida del buscón llamado don Pablos
Historias de la calle Lincoln
Into the woods
Jerome Robbins in Broadway
José Ramón Cantaliso
Killing me softly
La canción de las Antillas
La cantante calva
La carreta
La casa a medias
La Celestina
La ciudad y los perros
La desobediencia
La gloria eres tú
La guaracha del Macho Camacho
La hoguera de las vanidades
La importancia de llamarse Daniel Santos

La lozana andaluza
La maqueta del viento
La mascarada
La muerte de un viajante
La piel de la memoria
La próxima vez el fuego
La región más transparente
La romana
La tía Julia y el escribidor
La tierra baldía
Las brujas de Salem
Las trampas de la fe
Letter from a region in my mind
Lima la horrible
Los heraldos negros
Los perros
Los pies de barro
Los secuestrados de Altona
Luna de Puerto Rico
Madame Bovary
Majestad negra
Mami, ¿qué será lo que quiere el negro?
Mar Caribe
Marilyn
Milagros, calle Mercurio
Mister Lily nos invita a su congoja
Motivos de son
Muerte en Venecia
Muerte sin fin
No llores por nosotros, Puerto Rico
Nuestras vidas
Obituario puertorriqueño
Oda a Francisco Salinas
País portátil
Pal bailador
Parábola del andarín

Penthouse
Playboy
Poema en cuatro angustias y una esperanza
Pónmelo ahí que te lo voy a partir
Prohibido suicidarse en primavera
Puertas al campo
Puños criollos
Quíntuples
Rayuela
Retablo del solar
Revisión de Camus
Rimas y leyendas
Roma, ciudd abierta
Roma-Fellini
Romeo y Julieta
Sentencias
Sexología
Simbad el marino
Si no me dan de beber lloro
Si te dicen que caí
Sitios de la memoria
Sollozo
Sombras de obras
South Pacific
Sueños
Sunday in the park with George
Terrazo
The king and I
The phantom of the opera
Tiempo muerto
Tierras lareñas
Timebends
Tu país está feliz
Ulises
Una muerte muy dulce
Una vida

Vejigantes
Venezuela erótica
Verde luz
West side story
Y tu abuela, ¿dónde está?

Pasaje

A
Albee Edward
Alf
Allen Woody
Almodóvar Ismael
Almodóvar Pedro
Amado Jorge
Angelou Maya
Anita
Arrillaga Víctor
Arriví Francisco
Arroyo Joe
Asturias Miguel Angel
Augier Angel
B
Báez Myrna
Baldwin James
Ballester Diógenes
Barnet Miguel
Barradas Efraín
Barradas Tata
Batista Fulgencio
Baura Marina
Beauvoir Simone de
Beckett Samuel
Bécquer Gustavo Adolfo
Belaval Emilio S.
Belli Gioconda

Bendición Alvarado
Benítez Lucecita
Bergson Henri
Bernardo
Berríos Elsa
Birri Fernando
Blades Rubén
Bocca Julio
Bolívar Simón
Borbón Juan Carlos de
Borges Jorge Luis
Bosch Juan
Botero Fernando
Botha Peter
Bramhs Johannes
Brecht Bertold
Brodsky Joseph
Bryce Echenique Alfredo
Buero Vallejo Antonio
Burgos Julia de

C

Cabán Vale Antonio (El Topo)
Cabrera Infante Guillermo
Calderón Yacoco
Calvino Italo
Camus Albert
Cantinflas (Mario Moreno)
Capote Truman
Cardona Consuelito
Cardona Luisa
Cardona Ulises (Tío Leche)
Carpentier Alejo
Carroll Lewis
Cassandra Anita
Castellanos Mirla
Castillo Braulio, hijo

Castro Fidel
Cela Camilo José
Celestina
Cervantes Saavedra Miguel de
Cioran E.M.
Clark Víctor
Class José Miguel (El Gallito de Manatí)
Colombia Claudia de
Colón Cristóbal
Colón Domingo (Mingo)
Colón Santiago José Luis
Córdova Arturo de
Corretjer Juan Antonio
Cortázar Julio
Cortijo Rafael
Cruz Celia
Cruz Juana Inés de la
Cruz San Juan de la
Cummings E.E.
 CH
Chabrol Claude
Chalbaud Román
Changó
Christo
Chocrón Isaac
 D
Daniele Graciela
Darío Rubén
Dávila Angela María
Dávila Virgilio
Díaz Cayo
Díaz Cristina
Díaz Alfaro Abelardo
Díaz de Villegas José Luis
Díaz Valcárcel Emilio
Dipiní Carmen Delia

Diplo (Ramón Rivero)
Divine
Domingo Plácido
Don Juan
Don Quintín el Amargao
Doña Flor (Flor Chalbaud)
Drake Francis (Sir)
Duchamp Marcel
Dueño Patria
Duras Marguerite
Durrell Lawrence
Duvalier Francois (Papá Doc)
Duvalier Jean Claude (Baby Doc)

E

Eco Umberto
Echevarría Lydia
Eisenhower Dwight
El Rucio
Elliot Tomás S.
Encarnación Gaspar
Ercilla y Zúñiga Alonso
Estrada Noel

F

Fabery Lucy
Fellini Federico
Félix María
Ferri Alexandra
Fernández Fragoso Víctor (Vitín)
Ferrari Carlos
Ferré Rosario
Ferrer Canales José
Flack Roberta
Flaubert Gustavo
Flores Pedro
Fragoso Gloria
France Anatole

López Dzur Carlos
López Ramírez Tomás
Lugo Filippi Carmen
Lupita
Luque María Dolores
    LL
Lloréns Torres Luis
    M
Mac Adam Alfred
Mafalda
Mahler Gustavo
Mailer Norman
Maldonado Alejo
Maldonado Denis Manuel
Mandela Nelson
Mandrake el Mago
Manuela Sánchez
Marcos Imelda
María
María Lionza
Marqués René
Márques Roberto (Bob)
Marrero José Luis (Chavito)
Marsé Juan
Martí José
Martín Fierro
Martorell Antonio
Matos Paoli Francisco
Mc Carthy Joseph
Medina José Ramón
Meléndez Joserramón (El Ché)
Méndez José Antonio
Méndez Ballester Manuel
Mendoza Eduardo
Menéndez Pidal Ramón
Mercado Walter

Miguel Pérez
Miller Arthur
Miller Henry
Miller Isidore
Minelli Liza
Mingote Antonio (Mingote)
Mir Pedro
Miró Montilla Antonio
Mishima Yukio
Miss Piggy
Mister Whoever
Mistral Gabriela
Mojica Aguedo
Moliere
Molina Enrique
Molina Samuel
Monroe Marilyn
Monroig Glenn
Monsiváis Carlos
Montero Mayra
Monterroso Augusto
Montesinos Ambrosio Fray de
Montez María
Morath Inge
Moravia Alberto
Morejón Nancy
Morrison Toni
Muñiz Marco Antonio
     N
Naipaul Vidiadhar Surajprasad
Neruda Pablo
Nicanor Alvarado
Niro Robert de
Noguera Carlos
Nostradamus
Novak Kim

O

Orol Juan
Ortega Julio
Ortiz Tirado Agueda
Ortiz Tirado Sofía
Orwell George
Oskar
Otero Silva Miguel

P

Pacheco José Emilio
Pacino Al
Palés Matos Luis
Pambelé Kid
Parra Nicanor
Paz Octavio
Pérez Carlos Andrés
Pérez de Ayala Ramón
Pérez Galdós Benito
Pérez Jiménez Marcos
Pérez Marchand Lilliane
Perico el Profundo
Peter Pan
Peyo Mercé
Picasso Pablo
Pietri Pedro
Piñón Nélida
Pinter Harold
Pirela Felipe
Poniatowska Elena
Pound Ezra
Pryor Richard
Puig Manuel
Puigdollers Carmen

Q

Quevedo Fancisco de
Quiroga Horacio

R

Rabassa Gregory
Ramírez Sergio
Ramos Juan Antonio
Ramos Otero Manuel
Reagan Ronald
Redgrave Vanessa
René (René Ferrait)
Rexach Sylvia
Reyes Alfonso
Reynolds Burt
Rilke Rainer María
Rivera Carlos Raquel
Rivera Danny
Rivera Juan Manuel
Robbins Jerome
Roche-Rabell Arnaldo
Rodón Francisco (Pancho)
Rodríguez Felipe (La Voz)
Rodríguez José Luis (El Puma)
Rodríguez Juliá Edgardo
Rojas Gonzalo
Romeo
Romero Soledad
Romero Barceló Carlos
Rosaly Johanna
Roselló González Pedro
Roth Philiph
Ruscalleda Jorge María
Russel Levi
Rushdie Salman

S

Saavedra Guillermo
Sáez Burgos Juan
Said Edward
Salazar Bondy Sebastián

Sanabria Santaliz Edgardo
Sánchez Luis Rafael
Sancho Panza
Santaliz Pedro
Santana
Santos Daniel (El Inquieto Anacobero)
Santos Mayra
Sarduy Severo
Sartre Jean Paul
Scherezada
Serrano Andrés
Serrano Laura
Sharks
Shepard Sam
Silvestrini Blanca
Slattery Mary Grace
Solzhenitsyn Alexandr
Somoza Anastasio
Sondheim Stephen
Soto Pedro Juan
Sotomayor Aurea María
Stalin José
Summers Anthony
 T
Tánatos
Teyo Gracia
Tió Salvador
Tony
Torre José Ramón de la
Tres Patines (Leopoldo Fernández)
Trigo Tió Enrique
Trigtinant Francois
Trujillo Molina Rafael Leonidas
Tutu Desmond
 U
Umbral Francisco

Indice

CUARTA PARTE
Envíos postales

QUINTA PARTE
Documentos de Aduana

SEXTA PARTE
Fichero

Esta tercera edición de
La guagua aérea
se terminó de imprimir
en los talleres gráficos de
Panamericana Formas e Impresos S.A.
Bogotá - Colombia
en Julio de 2002.

Esta edición consta de 1,000 ejemplares
a la rústica.